河出文庫

家と庭と犬とねこ

石井桃子

河出書房新社

もくじ

家と庭と犬とねこ

雪のなかのお餅つき

小さい時は、あんなにたのしかったお正月が、おとなになってみると、いっこうおもしろいことでもなんでもなくなる。世の中が、あわただしくなって、かけ歩いているまに暮れになり、お正月になってしまうせいもあるだろうし、あまり年が重なりすぎ、おまけに、いくつの年のお正月もあまり変わりばえがしないせいかもしれない。

そんな私に、暮れになると思い出される、とびぬけて、かわったお餅つきの記憶がある。

戦争のおわった年のことだった。私はそのころ百姓になるつもりで（いまでもこんなさわがしい東京でなく、いなかで暮らしたい気もちはなくならないが、あの骨身にこたえる力仕事はもうできそうもない）女の友だち三人だけで、宮城県のある村にいた。

あるしんせつな知人が、その村の小高い丘のあいだのくぼ地を畑にしていいと貸しくれたのである。私たちは夏から秋までのあいだ、その山から三十分ばかりはなれたところにある農家に部屋を借りて、そこから畑へ通った。まるで会社へでも出勤するように、朝おべん当をつくって、畑へ出かける。部屋住みのくせに、山羊まで買ったから、それもつれてゆく。そして一日じゅう、木を切ったり、畑に耕したところへは、種をまいたり南瓜穴を掘ったりして、夕方、また間借りをしている農家へ山羊をつれて帰っていった。

借り物の鍬やこやし桶をかつぎ、夢中で将来の農園の夢を語りながら、朝夕村道をいったり来たりする女たちを、村の人たちは、気ちがいだと思ったかもしれない。けれども、私たちは大まじめだった。南瓜穴を百掘って、そこへまいた南瓜一本から何個とれれば、全体でいくつ、それを一つ、いくらに売れば、いくらいくらのお金になるかというようなことを、夢中で語りあった。（つぎの年、とれた南瓜は予算の何十分の一だったけれど、とにかく、私たちはそれを町へかついでいって売った！）

そうしているうちに、一九四五年の十二月一日になった。朝おきてみると、地面も木もうっすらと雪のうす化粧をしている。ほんとに、うす化粧といいたいように、あわいきれいな風景だった。日がさしてくると、その雪はすぐ消えてしまうが、つぎの朝おきてみるとまた外はうっすら白くなっている。こうして、うす化粧のいく日かがすぎて、どっと降った雪はもう根雪で、春になるまでとけない。

私たちは、農家のおく座敷で途方にくれた。こうなれば、もう冬ごもりで、春になるまでぼろつぎかなんかして、じっとしていなければならない。雪のなかでも、南瓜穴くらいは掘れるけれど、山まで通うのがたいへんである。それに、四ヵ月ものあいだ、よその家の便所へこやしをためて、よその家の御奉公をすることはないと、私たちは真剣に考えた。

そこで、もうひとりの友だちと、私はあるお天気のいい日、唐鍬《とうぐわ》をかついで山へ出かけて見た。山は雪に埋もれ、空がまっ青だった。南むきの斜面に穴をほっていると汗が出るほど暑くなる。穴を二つばかり掘りながら、私たちは話しあって、心をきめた。

私たちが穴を掘っている斜面に、木小屋にしようと思って建てた、かやぶきの掘ったて小屋がひとつあった。それは、屋根がのっているだけの小屋だった。それのまわりをかこって、住んだらどうかということは前から考えていたのだが、まっさおな空の下で、キラキラ光る雪をかきのけては土を掘っているまに、気もちが勇みたってすっかりその気になってしまったのである。

それから二、三日、近くの大工さんと青年団の人いく人かに手つだってもらって、その二間に三間の掘ったて小屋はまったく雀のお宿のようにかわいい小屋になった。六坪のうち二坪は土間、あとの四坪はお座敷、といっても斜面に建っている小屋なので、土を入れた大小の俵を土台にしたりして、どうにか平らに板をおいてうすべりを敷いたのである。土間と「お座敷」の間のしきりは、すすけたぼろ障子。でもそのぼろ障子をあけた人たちは、たいていあっと言ったくらい、たのしげに私たちは、中の細工をした。丸太づくりの二段ベッドもあるし、小さいストーヴもあった。ベッドはレースのカーテン（さわれば破れそうなものだったけれど）でかこいさえした。

ここへ私たちは、十二月の二十日に引っこした。あたりには一軒の家も見えない。太陽と雪と鳥と木と山羊と雪の上に足跡をのこすけものたちだけが、友だちだった。ちっともさびしいと思わなかった。大雪の日はべつとして、朝五時からうす暗くなるまで外で働いた。燃料の節約にはそれが第一だった。外に出て木の根をおこしたり、薪集めをして歩いていると、ぽっぽっと暑くなる。だれかひとりが、順番に炊事係りになって、食事の用意ができるとかねをならす。いま考えると、よくまあお雑炊腹であんなに力仕事ができたものとびっくりする。

あんまり私たちが夢中で働いているものだから、小屋つくりを手つだってくれた青年たちが、小屋のできたお祝に、みんなで餅米を少しずつ持ちよって、お餅をついてくれることになった。もっともそれには、私が東京から送ってもらったお砂糖をもっていることを話したことも、大きな原因かもしれないが……とにかくその年は、東北でもまれに見る冷害の年だったから、これは大事件だった。

こういうわけで暮れもおしつまったある夕、ひとりの青年は、ただ歩いても七、八分はかかる丘の坂道を、ウスをかついでのぼってきた。もうひとりは、大鍋やおわんを持ってきてくれた。またゴボウや人参をさげてきた人もいる。そしてみな、それぞれに餅米や餅粟のはいった袋はもちろん忘れずにさげてきた。

私たちの薪ストーヴは小さくて、お釜も小さかった。それにセイロをのっけて、蒸すのだから、なかなかお米も粟もうまいぐあいに蒸せない。ストーヴのまわりで、七人のおとながよってたかって、お米をひっくりかえし、ひっくりかえして、さあよかろうということになったころには、外はもうまっ暗になっていた。

ところが私たちの小屋は小さくて、とてもウスがなかにはいらないから、ウスは外においてあった。そこで、私が提灯をもって、ウスのそばへそのあかりをつん出す役になった。青年のひとりがお餅をつき、もうひとりがこねどり。何しろお餅は熱いうちにつきあげてしまわなくてはならないのに、提灯のあかりのなかには、チラチラとたえまなく小さい雪が舞っている。

かけ声かけて、汗をながして、青年たちはお餅をついた。そばで提灯のつん出しかたをしていた私ひとりがガタガタふるえていた。

さて、やっとつきあがったお餅を大声あげて小屋にもちこむと、小屋のなかでは、ひるまつくっておいたあんこも、フツフツ煮たっているし、配給のカンづめの鰯をダシにしたお雑煮のおつゆもできていた。

いったいこの地方で、お餅といえばつきたてのお餅をちぎって、たいていはあんこ餅、納豆餅、お雑煮の三段にしてたべるのだが、そのときの東京から送ってもらったお砂糖を全部入れてしまったあんこ餅ほど、あまいお餅は、一度もたべたことがないと、七人は口々に言いあいながら、あんこ餅をたいらげた。それから納豆餅。あまいお餅のあとでは、このからみのお餅は、とてもけっこうだった。これもみんなが、何度かわからないくらいおかわりした。そのつぎがお雑煮。これがまた、おいしかった。その地方のお雑煮というのは、大根の千六本に、ゴボウや人参もおなじように細く切ったのを少し加えて、ダシでさっと煮たったところへお餅をちぎりこむ。さらっとして、とてもおいしいお雑煮で、あんこ餅、納豆餅をつめこんだあとでも、けっこうたべてしまえるものだが、このときはとくにダシがよかった。私はその後、あのときほどおいしいと思ってお雑煮をたべたことがない。

その晩は、お餅がすんだらゆっくり青年たちに農事のことなど教えてもらうつもりだったのに、夢中でお餅をつめこんでしまったら、まるでお酒によったか、笑いキノコでもたべたようになって、みんな顔を見あわせて、あはあは笑うばかり、何もできなくなってしまった。しばらく笑いあってから、青年たちはまだはアはア笑いながら帰っていった。あれはいったいどういうことなのだろうといまだにふしぎに思っている。

　長い戦争が終わって、また何年ぶりかで極度に満腹し、必死に生きようとしていた日ごろのきんちょうが、ほどけてしまったのではないだろうか。そのときたべたお餅の数が、いまでも友だちとの間で話題になるのだが、片方の友だちは、二十いくつかたべ、私も十五六はたべたらしい。いまでは三つもどうかと思うのに。

　八年まえ、なんと私たちの餓えていたことよ。

愛情の重さ

私たちは、かの女をキヌ子嬢と呼んだりおキヌさんと呼んだり、また、おなかをだしていいかっこうで、寝ているときなどはキヌ夫人絵図などといって、からかったりする。

おキヌさんは、私の家のネコである。頭の上と背中にうすずみ色のまだらがあり、ロールパンのようにまきこまれているらしい、ちょっぴりついた丸いシッポもうすずみ色。目が大きく、なかなかのべっぴんで——お客さんは、みなそういってくれるし、私たちは、それをきいて喜んでいるのだが、玉にキズは、首の右のつけ根と背中のまん中にある、かなり大きなハゲがある。

このハゲは、三年前には、直径七センチくらいのうじゃじゃけた、赤い肉のはみ出たキズだった。

三年前、秋の日ざしが、落ち葉を、ふかふかふくらせるころ、私は庭のツツジの木の下の日だまりに、時々、白いものが寝ているのに気がついた。けれども、私の家の庭は、日あたりがよくて、近所の犬ネコのクラブになっているらしく、ネコのひる寝はめずらしくなかったから、おや、また、どこかの猫があそびに来ているな、くらいに思っていたところが、そのうち、私が庭で、おとなりの人と話している時など、その猫は、そろそろ、そばへよってくるようになった。

はじめて、そばでその猫を見た時、私はぞっとした。首と背なかの毛がぱっくり食いとられ赤い肉がでていた。その春、生まれたらしく、大きさは、おとなになりかけのように見えた。

ああ、きみがわるい。家にはいってきたら、たいへんだといって、私たちは、おのおの家に逃げこんだ。

そのころ、小さい私の家に、友だちの家族が同居していて、その人たちは、ニノという名の巨大なオスのキジ猫を飼っていた。この家族は、夜おそくまで仕事をする人たちで、朝がおそい。朝、私が、ひとり起きて朝飯をたべていると、ニノは目をさまして、間のドアをカリカリやる。ドアをあけてやると、ニノは私の前に座る。そして私たちは、さし向かいで、朝の食事をするのが、ならわしだった。

ニノは、「煮ぼし」などという日本語を解する学者猫だった。味覚も発達していて今度は牛乳、今度は何と、鼻で注文する。

このような、私たちのたのしい食事を、例のキズ猫は、いつのまにか、ガラス戸越しに毎朝見物するようになったのである。そして、時々、けっして声は出さないで、口をあけて、赤い口の中を見せて、訴える。まるで、アンデルセンの童話だ、と私は思って、心の中で、「マッチ売りの猫」というあだ名をつけた。そして、ニノのお残りを、ガラス戸の外に出して、勤めに出かけた。

こんな日が、しばらくつづいて、キズ猫は、私の足音をききわけるようになった。暗い庭の中を私が歩いてくると、どこからともなくとんで来て、コンクリートのくつぬぎの上にあらわれる。私は、うす寒い晩など、すこしたっぷりごはんをだしてやった。

そのうち、霜のふりかけたころ、東北の山で一しょに百姓をした友だちが、私のようすを見にきていく晩か泊ったことがあった。私が勤めから帰ってくると、友だちはひるま観察した猫の話を、私にして聞かせた。目がぱっちりしていて、顔がしもぶくれで、山に残してきたトムによく似ているとか、夜、犬か何かにいじめられると見えて、キズがきのうより大きくなって、足にもひっかきキズができているなどという話をするのだった。

私は、ひとり住まいだから、猫は飼いきれないからと、友だちにいった。私もたいへんだし、猫もかわいそうだ。キズがなおったら、だれかにもらってもらうから、家の中に入れるくせをつけないように、と私は友だちに注意しては勤めに出たのだが、ある日、帰ってくると、猫は、世にも満足げな顔をして、カーテンなど縫っている友だちのわきに座りこんでいる。その晩、猫は、外に出されてから、長い間、カリカリとガラス戸をひっかいていた。私たちは、

「もう少ししたらいくから、もう少ししたらいくから。」

とたがいの心をはげましあいながら、耳をふさいで寝ていた。

そのよく晩もおなじことだった。私は、となりの息子さんから、きいた話を思いだしながら、そのカリカリを聞いていた。いつか道に寝ているノラ猫の上に、霜がおりていたという話である。

「しかたがない。今晩だけ、入れてやろう。」

と、私はいった。友だちは、すぐ戸をあけた。

猫は、ひととびで、ぴょんと寝ている私の胸にとびのって、上から私の顔をながめて、ゴーロゴーロとのどをならした。

「この猫、飼い猫だったんだね。」

と、私はいった。これで、猫の運命はきまったし、私の運命もきまった。

友だちが帰ってから、私のいそがしさはいやました。私は、朝おきると、すぐ大きなやかん一ぱいにお湯をわかす。お湯のわくまに、前の晩の湯たんぽのお湯で顔を洗い、食事の用意。そのまにわいたお湯は、また湯たんぽに入れ、毛布にくるんで、ひ

るま、日のあたるテーブルのすみにのせてこれに寄りかかっていれば、あたたかいよと猫に教える。猫と人間の食事がすむと、猫のきずにほうたい。食事のあとしまつ。身じまい。おきてから、出かけるまで一分のすきまもなく、手順もいつのまにか、お茶の湯のようにきちんときまってしまった。

猫は、いつのまにか、私に教わったかっこうで、湯たんぽによりかかりながら、私を見送るようになった。また、たまに駅へゆく途中まで送ってくることもあった。キズは、なかなかなおらなかった。私は、ほうたい代が高くかかってこまるといって、山の友だちにおこってやったことがある。

そのころのほうたいは、べろべろで、私が、まめに洗たくすると、二三度でよれよれになって、使えなかった。けれど、猫は、しごく幸福そうで、私が帰ってくると、ほうたいをひきずりひきずり（なくしていることも、ちょいちょいあった）出迎えた。

そのうち、年があけて、私は、半月ほどの旅に出た。るすのあいだのキズちゃん――いつのまにか、そういう名になっていた――のことを考えると、気が重くて、たまらなかった。旅から帰ってきたのは、寒い夜あけだった。私が家の木戸をはいったとき、あたりの家々は、まだ寝しずまっていた。私の部屋のカーテンのすみがちょっともちあがっていて、そこから、小さい猫の顔がのぞいているのが見えた。

そのときの猫の心が、すっかりわかったとは、私はいわないが、キズちゃんは、木

キヌと

戸から出ていった人間は、木戸から帰るということを、つゆ疑わずに、ひまさえあれば、そこからのぞいていたのだというように、私には思えたのである。同居の人が入れてくれた湯たんぽは冷えきっていて、キズちゃんは、そこに寝たふうも見えなかった。

長い間かかって、キズちゃんのキズは、まわりからだんだん毛がはえはじめ、まんなかの、深く食いとられて、毛根までなくなってしまったところだけが、ほそ長いハゲになった。

いつまでキズちゃんでも、かわいそうなので、私は、かの女をキヌと改名させた。ズの字のニゴリの点をとって、ななめの棒をちょっとのばしていただけばいいのです。と、私はキヌの知りあいに話して歩いて、得意だった。

いまでも、キヌは、ほとんどなかない。はじめのうちは、さすらいの旅の間に、声を泣きからしてしまったのだと思っていたら、いつか私のあとを追って出て来て、大声でなきたてたので、びっくりした。恋人と話すときも、いい声でなく。おどろくほどまぬけで、ネズミもとれない。かの女にできることといえば、ひとりの人間を信じて、けっして疑わないことである。

私は、夜中によく、キヌに胸の上に座りこまれて、苦しくなって目をさます。キヌは、ふとんの上から、大きな目でじいっと私を見おろしている。それで、キヌに、ま

た名まえがふえた。イノウエキヌ子さんというのである。私は、

「イノウエさんになってはいけないよ」

といって叱るが、その重さは、キヌの愛情の重さだと思っている。

野口英世博士の伝記「ノグチ」を書かれたエクスタイン博士は、博士の飼われたハトの話のなかに、「ハト」（博士は、そのハトに日本語のハトという名まえをつけていた）が、愛情に目ざめた瞬間、人間になったと書かれている。私は、このごろ、よくその話を思いだす。私たちをとりまくうそ、にくしみが、人間を機械か人間以下のものにしてしまうのではないかと、考えさせられるようなときや、キヌに胸の上に坐りこまれるときに、私は反省させられ、思いだしてしまうのである。

都会といなか

戦争中や戦争がおわってすぐのころは、都会人もいなかの人も、見かけはあまりちがっていなかったようである。いや、いなかの人たちのほうが、ずっとよかった、農村の人たちは、都会人の着物もお金もまきあげてしまって、ぜいたくをしていたと、言う人もいるけれど、私は、そんなところは、あまり見ていない。そんなことをしたのは、東京の近くか、その他の大都会の近く、また地方では、大々的にヤミのできる大百姓だけではなかったのだろうか。

ところが、戦後二、三年からこっち、都会のかわりようは、たいへんなものだった。ずっと都会に住んでいた人たちは、それほどと思わないかもしれない。けれども時々、東京に出てくる人間は、そのたびにびっくりさせられた。服装ばかりでなく、ことばも、どんどん新しいのが、できてくる。住む人間も多くなってくる。地方は、たいして変わらないのに、都会は、どんどん変わっていった。

そして、いまでは、地方の小さい町や農村から、はじめて東京へ出てくる人は、東京に住んでいる私たちが、ニューヨークへいったよりもびっくりするのではないかしらと、私などは、ときどき考えてしまうのである。

とにかく、東京には、大きな建物が建ったし、自動車は、あぶなくて、人間が安心して道を横断できないほど、たくさん走っている。きれいな物を売る店もいっぱいあるし、きれいにしている男や女も、ぞろぞろ歩いている。ずいぶん方々の家に、電気洗濯機がついているそうである。映画も毎日あるし、テレヴィジョンも見られる。

こういう光景を、映画で見たり、新聞で読んだりする、いなかの青年たちが、ときどきそとへ出かける私に、言うのである。

「東京いや、ずいぶんいいべねえ。おもしろいことできて。東京に、いい働き口ないべか。おれも東京へいきたい。」

私ももっともだと思う。けれども、私は農村からぽっと出の青年が、おもしろい思いのできる程度の月給をもらえる働き口など、一つも知らないことを話さなければならない。また、若いおよめさんたちも、よく言う。

「電気洗濯機やガスがあって、東京のおくさんたち、ひまでこまるべねえ。一日なにしてるの？」

私は、これにも満足な答えはできない。おくさんたちは、一日、何かといそがしいのである。子どももいるし、おつきあいもあるし……私は、いろいろ考えながら、返事をするが、およめさんたちは、ふしんとうなずけない顔をしている。

田や畑の仕事に追われているおよめさんたちにとっては、子どもを育てることなど、片手間なのだ。乳のみ子にお乳をやるふりをして、居ねむりをするのが、何よりのたのしみで休息だという。そして、一度でも、東京のおくさんたちのような、らくな思いがしてみたいと言う。

こうして、ほんとにむりもないことだが、農村の多くの若い人たちは、いまの生活からにげだして、「らくな、おもしろい」大都会へ出たいとあこがれる。そして、そこに住んでいる人たちは、映画をしょっちゅう見るために、電気冷蔵庫をもっているために、じぶんたちよりえらいのだと、なんとなく錯覚してしまう。

けれど、学校のことよりも映画のことにくわしい学生や、電気冷蔵庫をもっているおくさんが、農村の人たちより、えらくもなんともないことは、だれにだってはっきりわかる。

私が、ここで、わざわざこんなことを書くのは、農村の人たちの反省をうながすためというより、都会に住む私たちの自戒にしたいからである。なぜかというと、私たちも知らず知らず、いつのまにか、この「文化生活」にひたって、音楽会に数多くいき、画家の名まえを多く知っている人間のほうが、えらいようにうぬぼれがちだからである。

農村のおよめさんは、私たちのために米や麦をつくってくれるけれど、私たちは、その人たちに、ほとんど何もしてやっていないことのほうが多い。しかも、よめさんたちは、米をつくっているために、教育もうけられず、えらそうなことも言えず、ぼろにつつまれている。まったく、おかしな世の中である。

私は、個人的なこのみからいって、いなかがすきだ。いなかはしずかだし、木があり、鳥がいる。戦争につかれてしまって、あっちへいったり、こっちへいったりしていたとき、ある日、白ユリの咲いている谷まに出た。「ここに住もう?」と、私はそのときいっしょにいた友人に言ったのだが、何カ月かたつと、ほんとにそこに住むことになってしまった。私が、日本の農村というところに住んだのは、それがはじめてだった。何もかも気にいった。骨のみしみしするほどの力仕事も苦しくなかった。里の花も鳥も、かあいらしく、友たちのように見えた。

それが、ある時、東京へ出た。なんて、ごみごみした、人のいっぱいいるところだろうと思った。ある婦人大会があるというので、友だちにつれられて、いってみた。いく人かの有名な人たちが、演説をした。さかんな拍手がおこった。聴集のなかからも、何人か飛び入りが出て、演説をした。みんなわざとらしかった。ただ気勢をあげるために、しゃべっているように思われた。感想を書けといって、紙をまわしてよこしたので、私は、「都会では、なんというわざとらしいことがおこなわれているのでしょう。鳥の声をきき、けものといっしょに暮らして来た者の耳には、みんなうそにきこえます。」と書いてだしたら、後になって、その大会をたたえた感想だけが読みあげられ、緊急動議が出、まえまえからつくってあったらしい緊急決議文が新しくきまった。私は、そらおそろしくなって、いなかに帰った。東京は、私の住むところではないと思った。

その私が、また東京に出て来たわけは、一つには、農村では、たべていけないからである。私は、友だちとふたりで、じぶんたちのつくった豆畑や、大根をながめながら、満足して、長歎息した。

「これで、たべていけたらねえ、これで、たべていけたらねえ。」と、私たちは、くり返し、くり返し言ったのである。

よそ者である私は、こうしてとびたってしまえるが、そこに生まれた人たちは、そうはいかない。かれらは、土地にしばりつけられている。しばりつけられていない者でも、満足に教育をうけられなかったからそうどこへでも出かけるわけにもいかない。そして、この人たちは、いままでだまって、私たちの米や麦をつくってきてくれた。

私は、このかんたんなことを、本では読んでも、そこにいって、ほんとにその人たちといっしょに住み、その人たちのやっていることのまねごとをするまで、骨身にこたえてはわからなかった。私にとって、何ものにもかえられない、ありがたい四年の農村生活だった。それは、私たちの文化生活が、何をふみ台にして、できているか教えてくれた。

また機会をつかまえて、今度は趣味でなく、あの人たちのなかへ帰っていきたいものである。そこには、ほんとうの生活があるような気が、私にはするのである。

花どろぼう

ことし、東京の冬は、とてもあたたかくて、私の家の庭に五六本あるモウソウ竹の下のスイセンが、房総なみに、一月に花をひらいた。大喜びで、つぎつぎに、花の咲きだすのを待っていたら、二月のはじめの雪で、花もつぼみも凍ってしまった。

雪をかきのけて、家のなかにさしてみたけれど、もうすきとおって、ぐんにゃりしてしまって、もとにもどらなかった。

スイセンは、ぶしょうをして、二三年ほうっておいても、春がくると、けっこう、咲いてくれるから、あまり時間のない者には、ありがたい。けれども、私の家の庭でも、一月に花がひらくとわかって、ことしこそ、球根を掘りだして、もっとせわをしてやろうと決心をかためた。

三月になると、こんどは、金魚の池のはたの、花の大きなラッパ・スイセンのつぼみが、葉のあいだから、みるみる背をのばして、ぷっくりふくれ、うすがみのようなふくろをやぶって、きいろい花べんをのぞかしはじめた。

一月のスイセンを、あんなにして枯らしてしまったので、今度こそ、犬なんかにけちらかされて、だいなしにされないようにと、まわりに棒を立てて、きょうは咲くよあすは咲くよと、若い人たちと言いあった。

そうしているうちのある日、三つくらいの女の子と男の子がふたり、池のそばに立って、ニコニコしながら、こっちを見ている。なんとなく、はっとして、そのへんを見たら、まっ黄なものが、池にうかんでいる。

そばにいってみたら、十八のつぼみが、十四になっていた。黄いろい花べんをのぞかして、あすにも咲こうというのだけ、いち早くちぎってしまったのだ。

「花とったの？　とってはだめよ。いまにきれいに咲くからね。咲いたら、見においでね。ちょんぎったら、かわいそうじゃない？」

といったら、ふたりとも、それまで大ニコニコだったのに、びっくりぎょうてんしたらしく、私が何をいっても、へんじひとつしないでいってしまった。

ああ、春になると、毎年、こういう心配もあるんだったなと、私は思いだした。

私の家の小さい庭は、冬、ほとんど葉がおちてしまうので、冬の野のようにしょうじょうとなる。夏や秋に、この家に来た人が、冬もう一度くると、まるでべつの家のようだという。また、冬だけ知っていた人は、春や夏にやって来て、おなじ庭かとびっくりしてくれる。住み手の私には、それほど変って見えないのだけれど、それでも、春は、ずいぶん待たれる。春が近づくと、枯れ葉の下の草の芽をのぞいて、早く出ろ、早く出ろと、さいそくして歩くようになる。

ところが、かわいいつぼみが頭をもたげて、咲きだすのも、じきだなと、たのしみにしているうち、どこかで子どもの話し声がする、と思っているまに、そのつぼみがかき消すようになくなっていることは、たびたびある。

すぐおとなりの人も、花ずきで、そうめずらしいというのではないけれど、長年の友だちのようになっている草や木を育てている。よくお使いに出かけての帰り道、家のそばまでくるとじぶんの家にもある花が、道ばたに、もみくしゃになっておちている。

「もしや、と、ドキドキしながら帰ってくると、やっぱり、家の花なんですよ。まったく、時には、胸つぶるる思いといいたくなりますね。」

と、おとなりの人は、よくこぼす。

「ほんとにね、ちぎられちゃったら、もうそれっきりですものね。」

「花びんにでもさしてくれるんなら、まだいいんだけれど……」

と、私たちのぐち話は、かなり長くつづいてしまうのである。

私は、子どもたちが、どんな気もちで、よその花をとるのかと、よく考えてみる。

じつは、私も小さいころ、やもたてもたまらないくらい、よその花が、ほしくなったおぼえがある。あのがむしゃらな所有慾をなんといったらいいだろう。

私が育ったのは、東京の近くの小さい町で、私の家から三四分ゆくと、もう畑があり、農家があった。そして、一ばん近い農家の長屋門のわきに、毎年、こいむらさきのスミレが、群になって咲いた。その大きな株になったスミレが、私にとっては、なんともいえずこのましく見え、春のころ、お墓まいりなどにその家のわきの道を通りかかると、その長屋門のそばまで走っていっては、ことしも咲いているかなと、のぞきこんだ。

ある夕がた、私は、姉か友だちか、ともかく、もうひとりの女の子と、そのスミレの株のそばに立っていた。私たちは、その花をとりにいったのだ。私は、だれも見ていないのを見すまして、ぎゅっと、そのスミレの株をひっつかんだ。

そのとき、長屋門のなかから、だれかが出てくるような音がした。私たちは、ごくこっそりしのんでいったつもりでも、そのコソコソした足音が、門のなかにいた人に聞こえたのかもしれない。私は、夢中でスミレをひっぱった。スミレは、ばりばり、私の手のなかでちぎれた。

門のなかから、だれか出てきたとき、私たちは、バラバラにげだしていた。その人と、私たちは、二三間きりはなれていなかったから、その人には、私たちがよく見えたにちがいない。でも、その人は、どならなかった。ことによると、スミレなどとって、命からがらというかっこうでにげだす小さい子どものすがたが、その人——その人は、黒かったというだけで、私には、おとなか子どもか、男か女かもわからなかった——には、こっけいに見えたのかもしれない。

それから、もうひとつ、むしょうに私の所有欲をそそったもの、それは、花ではなく、タケノコだった。

私の家は、町の北はずれにあり、小学校は、南のはずれにあったから、私は、毎日かなり遠い道を学校まで通った。そのころその町は、まだひらけていないで、裏道には、竹やぶがたくさんあった。そして、春になると、枯れ葉の下から、ニョキニョキと、タケノコの頭が出はじめる。たまには道にも出てくるけれど、そういうのは、たいてい男の子に先にとられてしまう。

家にも竹やぶがあったらなあと、私は、垣根からのぞきこみながら、どんなに思ったろう。べつに、おなかがへってたべたいというのではない。タケノコをたべるのはすきにはすきだったが、たべることよりなにより、そのずんぐりした頭をだしているタケノコ、一尺ぐらいにのびているタケノコをながめていると、ぞっとするほどほしくなってしまう。

ある日、友だちと学校の帰りに、鉄道のそばの、持ち主のない竹やぶにいって、タケノコをとろうということになった。ところが、そこは、もともと荒れ地で、だれもかまわないところなのだから、シノダケくらいの太さのものきり出ていない。

そこをしばらくさがしてから、だれがさそったのかわからないけれど、私たちは、いつものぞきこむ、太いタケノコのはえている竹やぶにはいっていた。そのときのスリルといったら、なかった。手のとどくところ、あっちにも、こっちにも、ずんぐりむっくりした、宝物のようなタケノコが、にょきにょき出ている。夢ではあるまいかというのは、ああいう光景だろう。

私は、すぐそばの太いやつをだきかかえて、ギュッギュッとゆすぶった。すぐに根もとからぽきっとおれた。そのタケノコをひっかかえて、私は走った、走った。だれか、うしろから追いかけてくるような気がした。その時の頭の中のこんらんから考えると、キャアキャアわめきながら走ったのかもしれない。

しばらく私たちは走りつづけて、かなり遠くまで来てから、くらべてみると、友だちのとったタケノコより、私ののほうが、ずっと太かった。友だちの家までくると、友だちのお母さんも友だちも、私にとりかえてくれといったが、私は、とりかえなかった。そして、家へもって帰った。

母には、鉄道線路のわきからとって来たといって話した。母はふしぎそうな顔をしたが、うたがいもしなかったと見え、私があそんだあと、上のほうのやわらかいところで、てっかみそをつくって、みんなにたべさした。私は、じまんしたいような、おそろしいような気がした。

私の庭に小さい花どろぼうがくるとき、こんな記憶が、いまも、私をひきとめる。カッとして、どなりそうになっても、私はいそいでがまんして、子どもたちに話しかけるようにしている。

知らない友だち

よく、知らない人から手紙をもらう。

いろいろな手紙がある。よこす人の年令は、小学生から六十何才というおじいさんまで。また、内容も、読後の感想のほかに、英語の手紙を代筆してくれというのや、あなたと交際したいという青年らしいのから身の上相談まで。

これは、私の本に、それほどの人気があるということではない。いつか、私の知らないまに、私の本のおしまいに、「読んだら、著者あてに手紙をください」ということばが、刷りこまれていたためなのだろうと思う。私は、じぶんの書いたものが印刷になると、しばらくのあいだは、いやな気がして、見る気もしないたちの人間なので、そういう文句が、じぶんの本についていることを、かなりあとまで知らないでいた。

友だちに教えられたか何かして、気がついて、それからは、その文字を本からけずってもらったけれど、その前に刷られた本が、いまだに、まわりまわって歩いていると見えて、私に手紙を書くことを義務と思いこんだのではないかと思えるような中学生の手紙などをうけとる時などは、書いた人にも気のどく、じぶんもあわれになることがある。

はじめのうち、私は、できるだけ忠実に、返事をだした。いまでも、できるだけは出している。けれども、できない場合も多い。戦争中、またその後、ずっとキンチョウしつづけだった、私のこのかんたんな頭は、このごろはつかれてしまって、どうしても書かなければならない用事の手紙さえ、机の上にほうりっぱなしになっているきのうきょうなのだから、ほんとに申しわけないと、知らない友に心でおわびしながら、私は、ときどき、たまった手紙をゴムのテープでまとめて、ブリキかんにしまいこむ。お正月にでもなったら、まとめて、ゆっくり……と考えるのである。

そういう手紙のなかで、走りがきで二三行でも返事をあげなくてはと思ってしまうのが、いくつかある。

「あなたの手紙読みました。元気をだして、まけずに生きていてください。」

こんないみのことを、書きつけるよりしかたがないのだけれど、こんな手紙でも出さずにいられない気がするのは、たいてい二十前後の若い人からのものだ。

義務教育を終えて、仕事につき、仕事場で見る世の中が、あまりじぶんの考えてきたものとちがう。私は、世の中をあまりきれいに思いすぎていた。私もいずれ、この中の空気にそまって、世の中なんて、こんなものだと思いはじめるでしょう。これでいいんでしょうか。そうならなくちゃならないんでしょうか。などと書いてくる。

私は、ときどきは、こんな本を読んだらと、本を送ってあげたりする。そんなことから、とぎれとぎれの手紙の往復がはじまった人もいる。

その中のひとり、K子さん、十、八九らしい。日本のはしの小さい村に住んでいる。中学を卒業して、村の農協につとめだした。この人の理想は、東京からの通信教授をうけることである。けれども、農協では、夜業が多くて、家へ帰ると十一時になることもある。

それから勉強するのでは、からだがとてもつらい。仕事が、それほど多いというのではないけれど、みんなおそくまでいるのが、精勤というように、早く終わった時でも、帰ろうとしないので、下っぱのK子さんには、なおさら早く帰れない。

「それに宴会も、とてもたびたびあって、私たちも、お相手をさせられます。宴会の費用も、ずいぶんたいへんだろうと思うのですが、きいてみたらそういうものはちゃんと予算に組んであるということです」

そんなことをしたら、からだをこわしてしまうでしょう。いったい、毎日、そんなにおそくまで、仕事をして残業手当はもらっているのですか。お給金は、いくらなのですか、ときいてやったら、組合はあるけれど、残業手当などは、言わないことになっていて、お給金は、三千何百円ですが、いろいろ差しひかれると、二千何百円。でも、お給金は不足とは思いません。疲れることと、勉強する時間がないのが、一ばんつらいのですと、K子さんは書いてきた。

私は、労働基準法などについて書いてやったが、そんなことが、村のおえらがたににぎられている農協の下っぱに働くK子さんに、なんの役にたつものでない。K子さんがすきだという本を送ってやる約束をして、また送ってもやらないうちに、つぎの手紙が来た。

あまり夜ふかしがつづいて疲れるので、病気になったのではと思って、仕事は休ましてもらうことにした。来年は、弟が高等学校なので、これだけは、どうしてもやってやりたいから、私は、私で働かなくてはならないが、東京に働き口はないだろうか。女中さんでけっこうです、誘惑にも負けず、一生けんめい働きますという手紙だった。

私は、こまってしまった。ちゃんとした月給とりというのなら、むずかしいが、東京では女中さんがほしいという人は、わりあい多い。これまでも、私が、いなかに知人をもっているということで、何度も女中さんをたのまれたことがある。そして、何人かの子どもを、せわをしたことがある。でも、使う人、使われる人の両方から感謝された例は、一度もない。

山の中から出てきた子どもたちは、まず、いままでの生活と、あまりにもちがう東京のようすにびっくりぎょうてんして、ホームシックにかかる。その子どもたちは、東京に私がいるということを、唯ひとつのたよりにして、出てきたのだけれど、東京は大きいし、私はいそがしいから、しょっちゅうその家をたずねるわけではない。たまに葉がきをだすくらいが、ホームシックをなぐさめてやる唯一つの手紙なのだけれど、その子どもたちは、

「どんな貧乏でも、家ほどいいところはありません。あそびに来てください。」などという手紙をよこす。

　私はあそびになどいっていられなかった。いつか、その子どもたちのひとりが、お休みの日に、三越へいって、ハーモニカを買ったということだったので、弟にでも送ってやるのかと思ったら、だんなさま、おくさまがおるすになると、さびしくて、死にそうになるから、じぶんで吹くのだときいて、私は、気もちが、シュンとしずんでしまった。

　そして、私のつれて来た子どもたちは、ひとりひとり帰っていった。もう女中さんのせわだけは、やめよう、と私は思った。雇ったほうの人にも、子どもたちにも、私は、なんだかわるいことをしたような立場になり、こんなばかなこともあるだろうかと、私は、はらがたったのだ。

　女中さんになりたいというK子さんの手紙が来たのは、たまたま私が、そういう決心をかためたときだった。

「しょうこりもなく」ということばがあるけれど、私も、こりることを知らない人間らしいと、じぶんながらあきれるけれど、いろいろK子さんの手紙を読んで、思いあぐねたあげく、私は、K子さんは、やはり東京で女中さんをするよりしかたがないのだろうと考えてしまった。

お父さんたちは、それを御承知か、また女中さんという仕事は、それこそ時間に制限がなくて、たいへんな仕事だけれど、それもわかっているかどうか、と問いあわせてやると、それきり、K子さんからは、ぱったり手紙が来なくなり、ひと月半もたってから、長い返事が来た。

お父さんが、遠くへ仕事にいっていて、相談に手間どれたけれど、東京へそんなことをたのんでやったと知れたら、たいへん叱られた、けれども、みんなで話しあっておねがいすることにきまったから、どうかせわしてくださいということだった。

それから、K子さんがいって、しあわせに働けそうな家を物色するのが、ひと苦労だった。それに、私は、K子さんについて、字がじょうずで、りこうそうな娘さんという以外、ほとんど何も知ってないというのが、物事をなおむずかしくした。

私が、ぜひこの家なら、と思う人のところでは、いま当分は、女中さんなしでやっていこうと思っていますと言われた。

私が、すんでのことに、あなたをおせわするような家はありませんという手紙を書いて、出そうとしていた時、ひょいと、まったく偶然に、女中さんをさがしているという家をききつけた。下町の大ざっぱな商家で、お給金が三千円というのに、まず私はすいつけられてしまった。おとなばかりで、工場が少しはなれてあるために、ひるまは、おばあさんだけになる家だった。本は読ましてもらうという了解をうけた。

さて、K子さんは、こうして、じき東京に出てこようとし、私は、はじめてK子さんの顔を見るわけだが、どんな生活が、かの女を待っているのだろうか。

波長

私が、本屋に勤めたり、いくつかの本を書いたり、訳したりしているために、よくいろんな人たちから、どんな本を読んだら、いいでしょうかと聞かれる。

そのたびにこまることは、私が、じつに本を読んでいないことだ。私は、仕事の要領がわるく、のろいので、ことに勤めというものをしだしたこの数年は、仕事のことで、朝から晩までが埋まってしまい、仕事以外の活字を見る時間がなくなってしまった。

これでは、いけないと思う。たまには絵を見にいったり、会に出て、ひとの意見を聞いたり、本もたくさん読まなければ、仕事にさしつかえる。それだのに、それをやっていると、毎日の仕事にさしつかえるというのは、こまったジレンマだった。

いつか、かぜをひいたとき、毎日とっている新聞を、ゆっくり時間をかけて読んだら、けっこう、ふたつ読むのに、一日かかった。それは、外交のことも、経済のことも、わからないながら、できるだけなっとくしようと、かみしめながら読んだのである。

そのとき、いつもは新聞を読んだつもりでいても、みだしきり読んでいないんだなと思った。家では、朝はんをたべながら、三、四人で、新聞を一枚ずつ、まわし読みにして、それぞれの仕事にとりかかってしまうのである。一日の仕事をおえたときには、また夕刊が来ているから、朝刊を見なおすひまはないときのほうが多い。

こんな上っすべりな時局認識で、物を考えている気になってはいけないな、と、よく思う。新聞がこんな調子だから、読みたい本にいたっては、なおさらだった。あの本は、ひまになったときのために買っておこう、などと、メモにつけておいても、知らないまに時がたって、そのメモもどこかにいってしまったり、あとからあとから、読まなくてはと思う本が、出てきたりする。

こんな私に「最近のすいせんすべき本は?」というアンケートがきたり、「子どもになんの本を与えたらいいでしょう。」と、ひとが聞いたりする。アンケートなんかは、わるいと思いながらも、返事を出さなければそれですむけれど、面とむかってきかれるとき、私は、赤面して、もじもじする。

ことに、こまるのは、若い元気な女学生にきかれるようなときである。私は、頭のなかをいろいろさわがして、ごく少ない愛読書のなかから、「×××は?」と、ある本の名をあげる。

「あれは読みました。」と言われる。

「□□□は？」

「それも読みました。」

これを、何回くり返すと、私の頭のなかの種は、きれてしまう。

私は、いよいよもじもじして、何かと言いわけをするのだが、ときどき、こう言いたくなる。

「あなたがた、そういう本を読んでいて、あとどういう本がほしいんですか？　たいくつしのぎの本ですか。ひまつぶしの本ですか？」

たしかに、このごろの若い人は、本をたくさん読んでいる。これは、時代のせいにもよるだろう。

本をつくることも、このごろは、まるで軽工業のようになって、書く人、それを本につくる人が、流れ作業をやりながら、毎月毎月、あとからあとからとだしていく。そうしていかないことには、本屋がなりたたない。書く人も、たべていかれない。けれども、目のまえにたくさんあるものは、人間は、だいじにしなくなりがちだ。そこで、このごろは、本もまるで消耗品のようなありさまになってしまった。

読んでも読んでも、ちっともおなかにたまらない。読んだつぎの日は、忘れてしまう。本が、こういうことになっては、かなしいと思う。

私は、元来、巾のせまい人間で、清濁あわせ呑むというわけにはいかないので、じぶんでもこまったものだと思っているけれど、こんな人間にとって、じぶんと波長のあう友人、波長のあう本を見いだしたときの喜びは、また格別である。

虫がすくとか、気が合うとかいうよりも、もっとほかに、人間には、まだわかっていない科学的な法則——たとえば、体質とか、気質とかで、ぴったり理解しあえる人間とか、物の考えかた、感じかたがあるような気がする。私が、それを「波長が合う」というものだから、友だちにおかしがられたり、おもしろがられたりするのだが、このじぶんの波長を、ほかの人のなかに見いだすことが、人生の幸福の一つなんではないかしらと、私はよく考える。

それで、心配になるのだけれど、本を片っぱしから、ぽんぽん読みすてるくせがついてしまうと、そういう本にめぐりあっても、気がつかないで、いきすぎてしまうのではないかしら。

私のささやかな回想のなかをさぐってみると、はっきりとじぶんの波長とあう本にぶつかると意識したのは、二十のころである。そのころ、私は、英語を勉強していて私のいっていた専門学校で、生徒の共同研究として、世界の女流文化展をした。私は数人の人と、ドイツやアメリカの女流作家の仕事をしらべたのだけれど、そのとき、ふと、アメリカの作家、ウイラ・キャザーという人の、“A Lost Lady”という、長篇とは言えない、ほんの短い小説にぶつかった。「ふと」と、書いたわけは、私の分担には、その人のことを調べることはなくて、ほかの本をさがしに丸善にいったとき、廉価本のなかにならんでいたその本を、ほんとに何気なく買ったまでだったからだ。この小説は、大げさにいえば、私の魂にしみついた。たいした起伏もなく、あるひとりの女の生きかたと、それをながめながら、成長期をすごした少年の愛情を、静かに書いたものだけれど、私は、その本を読んで、人間というものの「よさ」にうたれ、希望と幸福を感じた。

私は、その本を友だちに貸したけれど、ほとんど山もなく、静かなことばがならんでいるだけだから、おもしろがらないひとのほうが多かった。

それから、ふしぎなことに、私が本屋の棚の前に立つと、Willa Cather という文字が、目にとびこんでくるようになった。私は、お金がたりれば、その本を買うし、買えないとき、立ち読みをした。それを読んでいる間、私は、快い、ほとんど忘我というような状態におちこむことができた。

若い時代に、そのような作家にめぐりあえたのを、私は、ほんとにしあわせなことだと思っている。

いつか、といっても、学校を卒業してからだいぶたってからだったろうが、神田の古本屋を歩いているうちに、ふと、ウイラ・キャザーのほん訳書を見つけて、立ち読みをはじめた。私が、英語で読んで、じぶん流に頭のなかでえがいたイメージとまるでべつのものが、その本のなかにくりひろげられていた。

「いや、これは、ちがう。これとは、ちがう人間だ。」と思いながら、私は、ひろい読みした。

私にとって、その本のなかの人間は、生きていたから、ほん訳書のなかで、べつの顔をした人間が出て来たことが、ひどく私をこまらしたのだ。私は、本をおいて、店から出ようとしたが、あまりその本のことばかり考えていたと見え、だれかにぶつかりそうになり、ぽんと肩をたたかれた。

私は、はっとして、その人の顔を見たがだれだかわからない。じっとその人の顔を何秒か見つめているうちに、霧のなかからぬけ出るように、それが、ごく親しい友だちの顔になった。私は、てれかくしに大笑いして、その人といっしょに近くの食堂へいって、食事をした。

私は、わりあいに静かな性質で、物に夢中になれないのが、つまらないと思っているのに、このときばかりは、じぶんながらびっくりした。

私は、波長ということばを発明したのはそのあとだった。私は、人生をゆっくり歩けば、ひとりや二人は、きっとこんなにわかりあえる友だちや作家にぶつかるのではないかと思う。このあわただしい時代に生きている若い人たちを、気のどくに思うと同時に、このごろ、足もともあぶなそうに見えてきたじぶんにも、おちつけ、おちつけと、自戒する。

ピンクの服

たとえ、年は、いくつだとしても、その人が若々しく、元気に見えるのは、はたから見てほんとにいいものである。

先日、いろんなことが、いっしょにおこって、くたくたになり、これでは、病気でねこむか、気ちがいになるのではないかしら、と思ってしまったことがあったが、そのとき、身辺で、仕事も熱心にやり、人を力づけるような人は、たいてい身ぎれいにしていて、ちょっとしたおしゃれでもあることに思いあたった。

そのうちのひとり、H夫人。この人は、私の姉が、女学校にいっていたころ、つまり、いまから四十年まえころ、姉の先生だった人である。私は、そのころ、まだ小学校にもいかない年ごろだったが、姉たちがその人をS先生、S先生と大さわぎしていたのをおぼえている。その後、S先生は結婚して、G夫人になった。

私の記憶にあるのは、学者のおくさんとして、大柄のからだを、黒っぽい着物でつつみ、私におむこさんをせわしようかなどという、しずかなおくさんだった。私は、何度かお会いしたが、そのころのG夫人は大柄な人だったというだけで、さっぱり、私の興味をわきたてなかったし、どんなお顔かもおぼえていなかった。その夫人が、その後、家出して、G氏と離婚したときいて、おどろいたのであった。

ところが、しばらくまえのこと、私は、ひさしぶりに学校の同窓会にいった。すると、五十そこそこと思われる、でっぷりふとった夫人が、音吐ロウロウ、機智縦横にみんなを笑わせながら、司会している。だれかしら、と、私は思った。H夫人だと、友だちが教えてくれたが、私は、その名を知らなかった。

そのうち、もうひとりの友だちが、あの方、先生のおくさんだったんですってと教えてくれた。

私は、びっくりした。私の記憶にあるG夫人は、そのH夫人とは、全然、ちがう人に思えた。もっとも、前に私が夫人にお会いしたのは、戦争前で、今度お会いするまでの間には、十何年かの年月がながれている。

けれど、私が、びっくりしたのは、夫人が、おばあさんになってかわったからでなく、別人かと思われるほど生気はつらつとして、若がえっていたからであった。

私は、あまりのなつかしさに、会がおわってから、夫人のそばにいって、姉の名を言い、その妹ですと言った。

夫人は、「あ」と一瞬、私の言ったことが、少しもわからないように、呆然と私の顔を見ていたが、すぐ思いだしたと見え、「ああ、文ちゃんの妹さんね」と、笑っていった。

私は、その会の帰りに、いろいろなことを考えさせられた。学者の妻としての生活と、いまの生活（夫人は、御主人といっしょに出版社を経営していられるとの話だった）のあいだには、おそらく、ひとに話せないほどの、苦しい断層があったのではあるまいか。

そして、それをのり切って、首尾よく遠い過去のものとしてしまわれた夫人は、私に急にその昔の話をされても、すぐには思い出されなかったのではあるまいか。きっと、いま、夫人は、幸福なのだろう。

再婚してからうまれたお嬢さんも、先日結婚したと言っていられた。

私は、家に帰ると、早速、姉に手紙を書いてやった。その日、見たH夫人のようすを、なるべく、くわしく知らせ、「先生のツメのあかでもおのみなさい」と書いてやった。

姉も戦争で、その先生とは、縁がきれていた。

未亡人だった姉は、戦争で家を焼き、家業は台なしになり、むすこたちは、病気をしたり、職をなくしたりした。まだ、そういう年でもないのに、ひょっと会ったときなど、死んだ母にそっくりなと思うようなことがある。

姉は、私からの手紙をうけとり、昔の師をたずねていったらしい。そして、このふたりは、昔どおり仲よくなって、「先生」「文ちゃん」とよびあっているらしいが、ふたりがならんでいるところを、よその人が見たら、きっと姉の方を年上と見るだろう。でも、私は、姉が、会うたびに、その先生から、その生気のいく分でも、分けあたえられるような気がして、うれしいのである。

ひとの元気とか生気とかいうものは、それが、見えすいたから元気でないかぎり、私には、たいへんありがたいものに思われる。

いったい、私たちきょうだいは、じみな家庭に育ったためか、はでなようすもしないし、お酒をのんでさわぐというようなこともきらいだ。このあいだ、私は、十何年も前に買った粉白粉の一箱を、まだ使いきれないでいるといったら、友だちに呆れられたが、私も内心、これでは、ちょっとこまるんじゃないかと、自分ながら思ってしまった。

おそらく、六十をすぎたH夫人が、白粉をつけ、五十にも見えるということは、ただおしゃれだからとは言えないのだろう。それは、自分より外の社会に対する興味をあらわしているように、私には、思われた。朝から晩まで、形だけを考えているわけでなく、H夫人のように、子どもも育て、仕事もし、そして、白粉もつけ、若く見えるというのは、その人が健康であるためだろうと、私は、うらやましくなった。

いつか読んだ本のなかに、外国の精神病院で、女の患者を扱うのに、きれいな美容室があって、患者に美容術をほどこすということがかいてあった。そして、その患者が、その結果について、興味をもちだすと精神が正常に戻っていく場合が多いと書いてあったように思うが、戦後、何か、なりふりかまわずといった自分の生活を考えてみて、私は、おかしいような、おそろしいような気もちになった。

近く、海外に旅行をするようになって、いまさらながら、びっくりしたが、私の戸だなの中は、どれもこれも、古物ばかりで、戦争ごろから、いくつ、着るものをつくったかしらと思った。ほかに、お金を使うことがあったからといえば、それまでだけれど、新しい、感じのいい服装というのは、何もお金がいるということではない。

旅の支度をつくってくれる知りあいの人と、きれを買いに町に出たら、私が、気に入ったグレイと白の縞を、その人は「いけません」と、おさえてしまった。そして、かわりに、ピンクと白の縞を、選んでくれた。

若いころ、ひとから着るものを選んでもらったことなどないのに、いま、いざ、何かつくろうと思ったら、手も足も出ないのに、おどろいた。

なんて長い間――おそらく十何年か、たのしい気もちで、自分で着るもののことを考えたこともなかったのだから、それも、むりのないことだろう。

それから、その人のつくってくれたピンクの服を着て、外に出てみると、みんなが

「お元気のようですね」とか、「なんだ、ぐあいがわるいって聞いたから、心配してたら、ぴんぴんじゃありませんか」などと言われた。

こう言われると、こちらも、たしかに元気になる。ピンクを着なかったころよりももちろん、そのためばかりでもあるまいが、ずっと食欲も出、笑うことも多くなった。

私も、いつまでも若く、じぶんもたのしいだけでなく、ひとにあかるい気もちをもたせるようになりたいものだ、という気にもなるのである。

また猫のこと

アメリカへくる途中の船の上で、何が一ばん気にかかるかと同室の婦人に聞かれ、なんのためらいもなく「猫」とこたえて笑われた。

その婦人は、前にも書いたかもしれないけれど、子どもと御主人を香港にのこして勉強のため、アメリカにこなければならなかった人だった。いきたくない、いきたくないと、口ぐせに言っていたので、私はできるだけ、なぐさめてみたのだけれど、うまく成功したか、どうかはわからない。それでも、サンフランシスコで、荷物を税関でしらべてもらうために、みんなが右往左往して、ゆっくりさよならを言うまもなく別れ去ろうとしたとき、その人は、私の手をにぎりしめて、あなたのような人と同室でほんとにうれしかったと言ってくれた。

その人が、きっと独り者の私が、何を一ばん気にかけているかと思ったのだろう。はじめに書いたようなことを聞いたのである。私が「猫」とこたえたら、その人はまったく思いがけなかったらしく、大きな声で笑った。

私は説明した。日本を去る前、私はほんとにホームシックにかかっていた。日本の何もかもが暗く見え、去るにしのびなかった。でも船にのってしまったら、私の心配なんか役にたたないと思われてきた。思いだす友だち友だちが、みんなたのもしげに思われて来た。貧乏しながら、みんなりっぱに生きぬくだろうと思われてきた。それにひきかえ、猫だけは、なんで私がきゅうに家からいなくなってしまったかわからないから途方にくれているにちがいない。日本を去る前、一週間ばかり、私が関西に旅したときも、その猫（名まえはおきぬさんというのだが）は家出して、私が東京に帰って二、三日してから家にもどってきた。

ちょうどそのころ、夏のことで、おきぬさんにノミがたかっていた。私はきぬのひるねしているところをねらっては、つかまえてノミとりをした。それをそのとき、私の家に泊っていた女の子が、私の旅行しているるすに、まねしたのだそうである。きぬは、いやがって、女の子の手をひっかいた。そこで女の子が、きぬをぶった。きぬはおこって家出をした。

というわけで、私が関西から帰ったとき、きぬは家にいなかった。そして二、三日してもどってきたとき、十日ものあいだ、どこの物おきでねてきたのか、全身、ごまをふったようにノミだらけだった。

そのころ、きぬは、何度めかのお産を、まぢかにひかえて、大きなおなかをぶらさげて歩いていた。きぬはお産のたびに、まるで私がそのお産をしまつする責任があるかのように、私をよびにくる。だから私は押入れの中に行李を用意し、押入れの戸をほそめにあけて、そこから私の手を、きぬの行李の中に入れていなければならなかった。私がその手をそっとひっこめて仕事をしていると、きぬはのこのこと押入れから出て、まだお産が終らないのに、どうしたのだと聞きにくる。ときには産みかけの赤んぼをひきずりながらやって来たりする。

そんなわけで、私はいつも、きぬのお産の日どりを苦にした。どうかその日が日曜日であるようにと願い、そのころになるべく用事を片づけておくようにと、気をくばった。きぬがかわいいとかなんとかいうことよりも、お産のたびに半狂乱になる、このいくじのない猫のために、るすの人があわてふためくのが気のどくに思えたから。

ところが今度、きぬのお産は、いくら日を数えてみても、私が横浜を立ってあとのように思われた。私の家のるす番の人も、かわることになった。のら猫から家猫になった、どの猫にも共通することだが、きぬはなかなか人になれなかった。一年、るすをするあいだ、どうしたものだろうと、案じている私に、ある友だちはよく言いきかせなさいと忠告してくれた。とっくりと言いきかせれば、猫はよくなっとくするものだと、その人は話してくれた。

そこで私は、東京をたつ三日ばかり前のこと、きぬをつかまえて、私が一年いなくなるわけを話し、おとなしくるす番をしてみんなに迷わくをかけるのではないよと、くり返して聞かせた。私の気のせいばかりではないと思うのだが、それからあと、きぬはたいへんききわけがよくなって、私たちが食事をしていると、まるで一しょに御はんをたべてでもいるかのように、食卓に向って私たちの話をきいていた。

私が家からいなくなったとき、きぬは例によって、私がいく日かしたらまた帰ってくると、猫なりの本能で判断したことだろう。だが今度の旅は、十日や二十日では終らない。まったく船にのってから、夜ゆれるベッドの上で、私はよく、私をさがして家のまわりをうろついているかもしれないきぬのことを考えた。

「話してわけのわかる人間のことは、私は心配しない。けれど猫には、私のいないことがふしぎでしかたがないのだから」と私は香港からきた婦人に説明した。

サンフランシスコに上陸してから、私はアメリカ大陸のあちこちで、三日、四日と泊りを重ねて、忙しく動きまわった。何もかも新しくていながら、しかもそこらじゅうで、本の中で読んだ親しい名まえにぶつかった。あの山はなんですか？ ときくとサリナスだという。ああ、スタインベックの書いている山だなと思う。まったくいまの日本に生きている日本人の、東西文化のこまぎれのような知識の見本が、私の中にあった。あちこちで、手紙でだけ友だちになっていた人たちにあった。まったく一月があっというまにすぎてしまい、ホームシックのかけらも味わわなかったのは（味わうひまもなかったのは）東京を立つ前の自分を知っている私にとって、まったく思いがけないことだった。

ニューヨークについたらおちつこう。ニューヨークについたらおちつこう、とこのいくらいってもはてしのない大陸を横断しながら、私は何度も心にちかった。あまり動きまわることは得手でないので、少し一つところに落ちつかないと見てきたことをまとめることができないような気がした。

そしてある朝、ニューヨークについた。その前の日までいたところで、親切な友だちが忠告してくれた。その町からニューヨークにはいるには、二つの線があるが、一つは工場地帯を通るので、外国人がはじめてニューヨークに出ようというには、適当な線ではない。もう一つは田園風景も見られ、ハドソン河に沿って上るのだから、ぜひそちらからいくようにということだった。そこでその鉄道をえらんで、もう大分なれたアメリカの夜汽車にのりこみ、朝の六時におこしてくれるように、ポーターにたのんでおいた。

やくそくどおりジージーと寝台のベルが鳴って目をさましたのは、よく朝の六時だった。すぐカーテンをあけて、外をのぞくとがっかりしたことに、外は小雨。なるほどハドソン河と思える大きな流れがあって、あたりの風景は嵐山に似ている。

支度をして、有名な摩天楼が目にはいるのは、いまか、いまかと待ちかまえた。

さすがニューヨークは大きかった。煉瓦やコンクリート作りの建物がならびはじめてから、かなりの時間がたっても、なかなか汽車の速度はゆるまない。やがて、暗い大きなグランド・セントラル・ステーションにすべりこんだ。駅のなかからタクシーにのってしまうしかけになっているので、あたりの建物がどのくらい高いか、よくわからない。両がわに見えるショウウインドウは、東京のより何倍かがっちりしていて何倍かきれいである。もちろん東京ほどの人数は、通りに見えないし、自動車の数も想像より少なかった。

しかしそのあと、用事のある建物の番地をたずねあて、ビルディングの入口に立っているポーターに、目的の事務所のありかをたずねて「五十五階」と言下に答えられたとき、はじめてニューヨークに来たのだなという気がした。小雨のために、うっかりして空をあおいで見なかったのだが、その日は有名なエンパイア・ステート・ビルディングの頂上が、霧にかくれて見えなかったということのほうが、あとになってその頂上を見たときよりも私をおどろかした。

友人の家にとどいていた日本からのたよりには、きぬはおとなしく押入れで四匹の子をうみ、申し分のない母親ぶりを発揮しているそうである。私のお説教が利いたのか、私の心配のほうが親ばかだったのかわからないが、ともかくも私はこの巨大な鉱物の結晶体のように見えるアメリカの都会でそのニュースを読んでほっとしたのだ。

宮様の手

母のことが新聞に出るなどといったら、一ばんびっくりするのは、あの世にいる母だろう。私の母は、それほど晴れがましいところのない、ふつうの女であった。

はたちのころ、近くの村の中農の家から、浦和の土着民で、そのころ教師をしていた父に嫁いで、八人の子を産んだ。私は七人目だったが、末の男の子が産まれるとすぐ死に、私たちの間では「名なしのごんべ」という伝説の子になっていたから、私は末っ子だった。物心ついたときから、母はすでに初老に見え（ほんとは、まだ若かったのだけれど）それから死ぬまで年をとらなかった。小柄で、やせていて、小さい丸まげにゆい、いつも働いていた。ぐちを言わず、自分の子のじまんをひとにせず、子供たちに手紙ひとつ書いたことはなかった。いつか博物館で、正倉院文書を見たとき、写経生の借金証文の文字が、そのころ死んだばかりの無学な母の字にそっくりだったので、私はほとんど、がく然とした。

ある春、母は、脳いっ血でたおれて、人事不省になった。私は、はじめて母が私にどんなにだいじか思い知らされ、ほかの者はみな、あきらめてしまってからも、そのかすかな火のもえているかぎり、守りつづけようと思った。医者は奇跡だといったが、母はほとんど百日めに目をさまし、春げしきが急に夏げしきになっていたといって泣いた。それから、一年、母は私の赤ん坊になってくらしている間に、一生働いて皮革質になっていた手はやわらかく、「宮様の手」のようになった。

その一年を、母はおとなになってもおろかな娘に、最大の教訓をのこすために生きてくれたのだと、私は思っている。恕《じょ》、感謝。母は身をもってそれを私に示してくれた。

小さな丸まげ

私は母について語ることを好まない。母をきらっているわけではない、それとは大ちがいなのだけれど、私が活字の上で母を語るなどと知ったら、母が草葉のかげで、生まれ故郷のことばまるだしに、「よしなよ、よしなよ！」とあわてるさまが目に見えるような気がするからである。

私の両親は、他人の前で自分の子どものことをあまり話題にしなかった。私は、幼い時から無意識ながらそれをよしと考えていた。なぜかというと、よそのおとなたちが家にきて、かれらの子どものことをながながとしゃべると、私たちはほんとうにたいくつしたからである。

そんなことから、私たちきょうだいは、親のことも、ひとの前でしゃべらなくなったらしい。親は、「私たちの親」だったから。

母は、東京近くの農家に生まれ、近くの町の町家にとつぎ、八人の子どもを生み、夫を勤めにだし、自分は、しゅうとが残した店をやり、また家についている畑も耕した。男まさりというのではなく、嫁として、母として、ふつうのことをしていたのである。ふつうの女だったように思われる。母が、一度でもいきばったようすをしたことをおぼえていない。

私の記憶では、小柄な母は小さい丸まげをゆい、いつも働いていた。私たちも、きっと親をなやましたことがあるにちがいない。しかし、母から叱られたおぼえはない。母は、ときどき、私たちをながめて、「むう」とため息をついた。それが母の文句だったということを、このごろになって私は悟った。私も若い人たちにたいして、おなじような気もちをもつのと思いくらべて。

私が、自分の一生で一ばんうれしく思っていること、それは、母の死の前の一年ほどの病気のあいだ、日夜ついていられたことである。体のきかない母は「何々してくれるかい?」とすまなそうに、むすめの私にたのんだ。私は、そういう母を美しいと思い、「します。します。何でもしてあげます。」と心の中で答えた。しかし、母とむすめは、世間話以外、たがいの気もちのことなど話さなかった。

母の手料理

　敗戦を東北で知って、それから、ふた月ほどのち、田んぼのなかの小駅で徹夜して、浦和への切符を手に入れました。そして、いまから考えると、ウソみたいに難儀な旅をして浦和に帰ったのは、秋のはじめでした。生きて会えないかと思ったひとりの姉の家をたずね、もうひとりの姉の家にいくために、私は、国道を北から南に歩いていました。

　その時は、もう夕方で、私は重たいリュックをしょいながら、杉木立ちのわきを、そこだけぽうと明かるい空を見あげながら、どんどん歩いていましたが、ふと「なんだ、こののびのびした感じは？」と思いました。指の先までゆきわたっている、とりたてて満足感と言うほどのこともない、ツバまでがあまくなるような気もち。重い荷物をしょっているのに、私はそんなことも忘れて、夕やみをたのしんでいたのです。「空気のせいだ」と、私は、すかすか息をすってみて思いました。「ふるさとは、空の味まであまい」私は、だれかに手紙でも書くようにそう思ったのです。

おしいかな、私が浦和の空気をそんなにおいしいと思ったのは、これが最後でした。このごろの浦和は、東京の延長として、ただ雑然と大きくなったという気がして、ふるさとという感じはしません。それに東京に近すぎるのも、そういう感じをそぐ一つの原因かもしれません。

「いもの煮ころがし」　私の家は、父は銀行づとめ、母は金物屋の店をやりながら百姓仕事を少々という、まとまりのつきにくい生活で、みな忙しく、勤勉に立ち働かなければなりませんでした。それで、手のこんだお料理などたべさせられたこともなく、生活もつましくお金をかけて、どこかへたべにいくことなどもありませんでした。名物のうなぎだけはべつでしたが。そのかわり、家のまわりに地面だけはたっぷりあり、お茶も野菜も自家製、人にくばってまわるというありさまでした。イキのいい野菜料理で育てられたようなものでしょう。無雑作に、銅の大鍋でとろりと煮た里芋は、冬のごちそうでした。かまども私がかなり大きくなるまで、土のへっついでそれにたく落ち葉は、裏の山へ、秋、かき集めにいってためておくのです。

落ち葉をつめておくかごは、どのくらい大きかったのか、いまになって見ると、よくわからないのですが、子どもの目には、おとなの背の丈ぐらいに思われました。これを二つ荷車につんで、家の山まで出かけました。熊手で落ち葉をかき集め、その大かごに半分ほどになると、私たち子どもは、そのかごの中におろしてもらい、そこでとんだりはねたりして、落ち葉をふみしめたものです。そうしないと、カサカサした落ち葉はふくらんで、いくらもつまらないのです。

「さやえんどうのおみおつけ」おみおつけをつくる前になって、母から、「さあ、さやえんどうをつんどいで」と言われるのです。目ざるをもって、畑に出かけます。五ツ六ツのころから、えんどうの中のツブは、あまり大きすぎても、小さすぎても、おみおつけにはおいしくないことを、経験から知っていました。

さっと煮たった、あざやかなうすみどりのさやを、口に入れてかむと、ぷつっとあまい汁がでてきます。

このごろは、とりたてでも、あんなあまいのをたべたことがないのは、豆の種類が、多収穫にと改良されて、ちがってしまったのではないかしら、などと邪推しています。「いんげんのごまよごし」これも、さやえんどうにちょっと似たものですが、これは、豆ツブのあまみでなく、いんげんの肉そのもののあまさが忘れられません。

夏になると、あちこちの町内で、それぞれの日は「天王さま」といって、おみこしをかつぐおまつりがありました。私たちの町内は七月一日だったと思いますが、いよいよ夏がきたぞという気もちをそそられたものです。

学校から帰ると、大きな土間の台所のすみの棚に、いんげんが山ほどゆでて、ざるにあけてあります。そのざるは、直径六、七セン深さ十五センくらいの、母が「あげし」とよんでいたもので、大根の切り干などをつくる時に使うものですが、それにいっぱい、いんげんをゆでるのです。

私は、いきなり、そこへいって、ぎゅうといんげんを一にぎりにぎり、まるでみどりの太いひものふさみたいにぶらさがるのに、むしゃむしゃかぶりついたものです。それはさやいんげんの砂糖っぽいあまさとちがうのです。すがすがしいあわいあまさでした。

「とりごはん」ひろい庭の一隅に、にわとりを飼っていました。

タマゴは、家でたべるだけでなく、買いにくる人がいると売りました。家のタマゴは、よそのタマゴとちがって、七つで百匁《もんめ》以上あると、母が自慢しているのを聞いたことがあります。ですから、タマゴを入れる箱はきまっていましたし、だれか買いにくると、小さい私だけいる時でも、七つ出してやって百匁のお金をもらえばよかったのです。

お客があったり、また何かのいい日には、とりごはんをたきました。ゴボウ、ニンジン、シイタケなど、ありふれたものを入れるだけで、何もかわったことはないのですが、ぷうんと何とも言えない、ちょっとどろっぽいようなとりの香がしみわたっていて、私たちには、たいへんなごちそうでした。

母が年とってから、孫たちが、おばあさんのたくとりごはんはおいしいからと、その分量を求められたことがありました。けれども母の答えというのが、「お米は、いくらいくらにたいして、とりはいくらぐらい、お醤油少々」といった調子で、ちっとも要領を得ないと、大笑いになりました。

私もとうとう、母の要領を得たような得ないような手料理は、何一つ、教わらずにしまいました。

「やきいも」私がすきな、さつまいものたべ方は、わら灰でやいたやきいもです。そのころは、さつまいもの種類も少なかったので私たちがおぼえているのは、金時です。

朝、庭をはいて集めた落ち葉にわらをまぜて、たき火をし、さつまいもを中にほうりこんで、それは忘れて朝ごはんをたべます。

学校へいく時、灰の中をかきまわすと、ころりと、うすぐろく色をかえたさつまいもが出てきます。寒い朝など、おいもと一しょにほうりこんだ小石を紙でつつんで、手の先をあたためながら、まっ黄いろく、霜ばしらのようにおっ立つ、ほろほろしたさつまいもを、口にふくみながら、学校に出かけました。

しゃけの頭

私は、たべ物で、何が一ばんすきかと聞かれると、こまってしまいます。何か、とくべつすきなものがあって、どうしてもそれをたべないと、胸がおさまらないというようなものがあったら、さぞたのしみだろうと思うのですが、庶民的な家に育てられて、いもの煮ころがしや、母のすきなことば、「ありあわせ」の物をたべて大きくなったためかもしれません。

でも、ほかの物よりすき、というたべ物がないわけではありません。何か御馳走してやろうと言われれば、ビフテキやおさしみと答えます。じじつ、そういう物は、小さいときから、とくべつの御馳走だと思っていました。しかし、自分で自分のおそざいを選ぶときは、まず頭にうかぶのが、しゃけの頭に、おいしいたくあんに、とりのモツです。一年じゅう、これをたべていろと言われれば、こまるかもしれませんが、この三つが、私の変わらない好物です。

しゃけの頭が、なぜそんなに親しいものなのか、自分でもふしぎですが、これは、ごく小さい時からの思い出にもからんでいます。

私の生まれた家は、大きなワラ葺き屋根の家でした。私が物ごころついて以来、毎年、暮れになると、そのころの例で、お歳暮の塩じゃけが、方々の家からとどけられました。それが、お勝手の土間の上の壁ぎわに、酉《とり》の市の熊手のようにならびはじめます。もうじきお正月という気もちも手つだって、幼い私たちは、喜んでその壁にぶらさがったしゃけを数えたものでした。

このしゃけを切るのは、おじいさんの役でした。一尾のしゃけがたべ終わると、おじいさんは、また一尾おろして、日のあたる縁がわにまな板をおき、手ぎわよく、美しい切り身をつくってゆきます。切り終わると、当座使うのだけ、そのままにして、あとは粕につけます。

子だくさんの家でしたから、上のほうのきょうだいのころは、どうだったか知りませんが、末の私たちが五つ六つになったころには、このしゃけ切りは、おじいさんと孫の私たちとの間の、小さい儀式になっていました。

よくすぐ上の姉と、何かして遊んでいますと、おじいさんの「おさしみのすきな子やァい！」という声が聞こえてきます。

私たちがとんでいくと、おじいさんは、まな板も、よく切れる出刃庖丁も、しゃけも揃えて、縁がわで待っていました。

私たちは、まな板の前に坐りました。

このおじいさんは、いま思いだしても、ほんとにいいおじいさんだったと思うのですが、子どもをたのしませることを知っていました。おもしろい話を人に聞かせることがすきでしたし、背中がかゆいから、かいておくれなどと言われて、あぶらっこい背中へ手を入れると、ゆでたまごがかくしてあったりしました。

さて、しゃけ切りの話にもどりますが、おじいさんは、シャリシャリと骨の音をきれいにさせて、しゃけをおろしてゆきます。頭がおとされ、身が二枚になって、美しい肉があらわれると、「これはあまそうだ」とか、「これは、からいな」と、おじいさんが批評します。

私たちも、それによって、うれしがったり、がっかりしたりしました。

開かれて、あらわれた腹のくぼみのすみには、黒いクニャクニャした細いものが、くっついていました。私たちは、それを「しおから」と呼んで、にがい、からいものだと思っていました。おじいさんが、その「しおから」をはがして、宙にぶらさげます。「たべるかな?」と思って見ていると、おじいさんは、大きな口を、あんぐりあけて、つるりとのみこんでしまいます。私たちは、キャアキャア言って喜びます。それが、一つのクライマックスでした。

「しおから」がすむと、おとなしい子どもたちに、御ほうびが出ます。ピンクの肉のやわらかそうなところを、うすくそぎとって、ひと切れずつもらうのです。これが、「おさしみ」でした。

おさしみ授与がすんで、はじめておじいさんは、本式に切り身をつくりにかかります。

切り身はたくさんできますが、しゃけの頭は一つしかありません。きょうだいたくさんの私たちが、しゃけの頭を珍重するようになったのは、そのためかどうかしりませんが、とにかく、私たちは「コリコリ」とよんで、みんなで頭がすきになってしまいました。

それも、細く切ったり、スにつけたり、しゃれたことをするのではありません。大きいまま焼いて、かぶりつくのです。あまり塩からい時は、熱湯をかけます。小さい時から、このコリコリを、ほかの者と分けないで、一人で全部たべたいものだと思ったことが何度もあります。

私が、どんなにしゃけの頭を御馳走だと思っていたか、いまでも、きょうだいと話して笑う一つ話があります。そのことのあったとき、私は上から二ばんめの姉の背中におぶさっていたのですから、四つか五つのころだったでしょう。姉は、やはりおなじ年ごろの友だちと遊んでいて、その子たちの背中にも、それぞれ、小さい弟妹がくくりつけられていました。

その日、何をして遊んだのかは、おぼえていないのですが、さかんにとんで歩いて昂奮したことだけ、はっきりおぼえています。家のずっと裏の、くらい林の中まではいっていったような気もします。何しろ、ひとの背中におぶさってとんで歩くのですから、私たちにしてみれば、馬に乗って狩にでもいくような勇ましさです。姉たちが姉たち同士で話しあっている間、私たち背中組も、いろいろ話しあいました。そのうち、私は、中の一人の子が、とくべつすきになりました。さんざ、おもしろく遊んだあげく、夕方になって、家のほうへ帰りはじめたとき、私はたいへん名ごりおしくなって、姉の耳にささやきました。

「家へ帰ったら、××ちゃんにコリコリを分けてやろうね」

私には、コリコリ以上の御馳走が思いつけなかったのです。

モチの味

私は小さい時からオモチはすきでありませんでした。

私は、東京からほんの少しはなれた浦和という町に生まれましたが、私の子どものころは浦和にも古い習慣がのこっていました。暮れの廿八日になると母の実家（浦和から四キロばかりはなれた農家）から、手つだいが来て朝早くからモチつきがはじまります。広い庭の一角をよしずで囲い、その中にかまど、うすなどの道具いっさいをととのえます。

せいろから湯気がフウフウたちはじめ、モチ米がふけるのを待ちかまえてやっこだこのように着ぶくれた幼い私たちは、お茶わんをもっていって、おふかしをもらい、それをたべながらぺったんぺったんいよいよモチつきのはじまるのを、まるで一年一度の芝居見物のように見物するのです。

母がこねどりをして、親類から手つだいにきた母のいとこがモチをつきました。ひとうすつけると、大勢いた姉たちが、縁がわで待っていて、手ばやくのしモチにのばします。私の家には、おモチをのす五十センチに七十センチくらいの長方形の板があってその板いっぱいにひとうすのおモチをのしたものです。東北とちがって、東京近くではおモチを一センチ弱のうすさにのして、それを長方形に切るのです。

モチつきにつづいておモチ切り、おモチならべ小さい子にはたのしい行事がつづいて、おく座敷いっぱいに敷いたうすべりの上に、切りモチがならびます。

そんなたのしみにしたモチつくりなのに、私はおモチがたべられませんでした。お雑煮は野菜や肉やおつゆだけをたべ、おモチをたべないので、一朝ごとにお雑煮の出るお正月六日間のすぎるのを待ちかねました。

「一月一日から、六日までの間に、この子はやせる。」とよく母に言われました。

あまくもからくもない、しかしこくのあるモチの味がわかったのは、戦後、鶯沢で冬を送るようになってからです。けれども無我夢中で一度に二十いくつものおモチをすき腹につめこんだ記憶は、いまは夢のように思いだされ、せいぜい二つか三つがおいしいところです。

七夕の思い出

七夕という行事の思い出はたのしい。

子どものころ、八月六日になると——私たちの町では、そういう行事をひと月おくれでやったから——朝早くおきて、家のわきの里芋畑に墨をする水をとりにいった。

里芋の葉っぱは大きい。そのくぼみに前の晩の露の玉が、それこそ宝石のように宿っている。うぶ毛のはえている広い葉っぱの上で、その玉は、ちょっと葉のふちに手がさわっただけでも、光りながらころころ逃げまわる。それを用心ぶかく、小どんぶりに一ぱいとってきて、墨をすった。

その墨で色紙の短冊《たんざく》へ字を書いて、七夕の竹にさげると字がじょうずになるといわれて、書いたけれど、ちっともじょうずにならなかった。けれども、そんなことはどうでもいい。夏の朝のあの露の玉のすがすがしさ、それが、織女が私におくってくれた贈物だった。

夏休み

小学校のころの夏休み、と考えただけで、たのしかったということが、まず第一に心にくる。さわやかな朝の空気、お茶ばたけにかかっていた、宝石をつらぬきとめたように露をおいたクモの巣、青い空、庭の木にうじゃうじゃとまっていたセミ。そんなものが、連絡もなく、ぱっとうかんできて、たあいのない、それでいて、野放図にたのしかった一つの世界がうかんでくるのである。

勤勉な家にうまれた私たちは、夏休みでも、早おきしたものとみえる。そして、露のまだかわききらないうちから、一日、あそびくらしていたのだろう。夏休みには、東京のいとこたちが、それこそ、避暑みたいに、私たちの家に泊りにきた。みんなで、いっしょに、うばいあうようにして、トウモロコシをたべたり、近所の小川に目高すくいにいったりした。

いつか、おなじ年ごろの男のいとこと、カエルか何かとりに、田んぼのなかの、オモダカのはえている水たまりにいって、あそんでいたら、急に夕立になった。

まったく、いきなり、パラパラと大つぶな雨が、私たちのからだをたたきだしたので、アミやバケツをもって、家のほうへかけだした。いとこは、何を着ていたかわすれたが、男の子だから、ハダカ同然だったと見えて、かけながら、「いたい！　いたい！」とさけんだ。

雨のつぶの勢いが、あまり強くて、まるで、ムチ先で、タンタンつつかれるようなぐあいになったのである。そのくせ、その雨は、二、三丁先の私の家につくまでに、ほとんどやんでしまって、大笑いしたことだった。

何年か前に、小さいころの夏休みの日記が出てきたので、読んでみておどろいた。きまりきった、味もそっけもないようなことばかり書いてあって、私の思い出にあるような夏休みのふんいきなど、ちっとも出ていない。書かされる日記なんて、こんなものだろうなと思った。お休みの最後の日に、泣きたい思いでしまつするのが、宿題だった。

ホグロ取りの思い出

戦争前の、のんびりした時代に育った私は、女学校時代の夏休みというと、楽しかったということよりほか、何も思い出せません。

楽しかった夏休みといっても、私はべつにぜいたくな旅行をしたわけでも、なんでもありません。けれども、夏は学校から解放されるときでした。それに、私が女学校にいっていた大正の末期には、上の学校にいくにしても、それほどアクセクと勉強しなくてもよかったのです。

私は、どういうわけか、十二、三才のころから、夏になると、手の指がすきとおりそうに見えるぐらい貧血してしまうのでした。原因は何か、お医者さんにもわからなかったのですが、とにかく、梅雨が過ぎて、日がカッと照りつけるころになると、体操やかけっくらは、頭がいたくて、できなくなるのです。

そのため、あまり避暑などということはやらない私の家庭だったのですが、毎年、夏休みになると、両親が夏に弱い私のからだを心配して、私を千葉県の海岸の知り合

前列左から２人目が桃子

いの家にあずけました。

そこで私は、漁師のこどもたちと、青白い顔色がまっ黒になるまで、砂浜で遊びほおけたものですが、それまで、畑や林にかこまれた広い平野の中の町に育った私には、荒海を前にした漁村の生活は、大きな驚きでした。

夏ちゃんという女の子や、千太郎さんという男の子とお友だちになって、よくいっしょに磯へフノリを取りに行きました。潮がひいたときには、いつもなら、水にかくれている磯いったいが、黒々と水の上に現われてきます。その岩にはいろいろな海草、貝などがくっついています。

漁師のこどもたちは、私に、どの海草は取って役にたつ海草か、どの海草は取っても役にたたないか、また、岩の上の穴に、逃げおくれたタコがいることがあるから、穴の中はよくのぞいてみるように、というようなことを教えてくれました。

私は、はじめのうちは、どの海草も、みんなたいしてちがわないように見えて、いちいち「これ、ホグロ（フノリになる海草）」とひとにきいていましたが、ひと夏の終りごろには、もう私も、いっぱしのホグロ取りになっていました。ぱっと、ひと目見ただけで、たくさん、ごちゃごちゃはえている海草の中から、赤黒いような、肉の厚いホグロを見わけることができるようになっていたのです。

どんどんひいていく潮に乗って逃げていくことを忘れて、ピシャピシャとした水たまりができている岩の小さな穴にかくれているタコも、何びきもつかまえました。

二時間ばかり、磯のでこぼこして、ぬるぬるしている岩の上をあさり歩いたあとは、みんなかなりのえものを持って、家へ帰ります。

夏ちゃんたちは、その日取ったフノリは、仲買人の家に売りにいくのです。そして、もうけたお金は、おとうさんかおかあさんにやりました。

これも、私にとっては、大きな驚きでした。私が磯にフノリを取りにいくのは、あそびでしたが、夏ちゃんたちには、真剣な仕事でした。けれど、私のフノリも、むだになったわけではありません。私が、ひと夏ためて、水にさらして、まっ白にしあげたフノリは、夏の終りにはたわらいっぱいになりました。それを荷づくりして、故郷にもって帰ると、家の一年分の使い料になったのです。

ホグロのフノリは、そのころ、店で売っているものより、ずっと上等で、きぬものを洗いはりするのに、たいへんいいと母はよろこんでくれました。

こうして、朝の間は、ホグロ取りか、水およぎ、午後は休息と読書をして夏休みをすごしました。べつに、考えてやったわけではなかったのですが、あの強烈な日光のもとですごした一か月半の夏休みが、いまになると、ずいぶん多くのものを、まだとしのいかない私に与え、そして、教えてくれたように思われてなりません。

第一のたまものに、健康があります。それから、私は、生産というものが、どんなことか、おぼろげに知ることができました。それから、ひとにしいられないで得た読書することのよろこびです。

ひるねすることも忘れて、読みふけった「巌窟王」「シャーロック・ホームズ」は、読んでいて、ほんとに魂が天《あま》がけるというような、すばらしい楽しさを、私に与えてくれました。

女学校の二、三年のときに、この楽しみを知ったのは、きっと、私の一生にとっても、かなり大きなことだったでしょう。それから、潮の干満や美しい浜辺の風景など、大きな海が見せてくれた大自然の神秘感。——これも大きな感激を私に与えました。

こうして、私が、夏休みに千葉の海岸で得た、いろいろな知識や楽しさ、そして感銘といったものは、やはり、学校の勉強とは、べつのものなのです。

けれども、私が、その楽しさをさぐり得たのは、学校の勉強という基礎があって、はじめてできたのだと思います。

つゆの玉

夏休みというと私の心には、まだ草木につゆの消えない、すがすがしい朝の感じが、心に浮びます。それは暑くなりそうな晴れた日です。しかし夜のまに冷えた空気は、まだひやっとしています。私は——たぶん母か、大ぜいいた姉のだれかと、長屋門を出て裏の畑に行きます。

お休みだというのに、家の裏に広い畑があっていろいろな作物を作っていたので、朝ねぼうはしない家だったのでしょう。すえっ子の私が、裏へ出たときもまだ、茶畑にはきれいなつゆがかかっていました。そのつゆは、お茶の葉っぱにもおりていたかどうかおぼえていないのですが、私の心にやきつけられているのは、葉の間のクモの巣にかかったつゆでした。それはすきとおった玉のように七色に光って、風の吹くたびにゆれるのです。

朝、裏の畑に出るのは、おみおつけのみをとりに行くとか、野菜の草とりをするとかいう用事があったにちがいありません。けれども私は、まずそのクモの巣を見にゆき、その日その日でかわっているその形にみとれました。それは、真珠の首かざりのように見えることもあるし、ダイヤモンドをつなぎ合わせてつくったあみのように見えることもありました。けれど真珠とかダイヤとかいうものそのものよりも、私をもっと喜ばしたのは、そこにふしぎな、小さい美しい世界が生れたような気がしたからでした。だれも知らないとき、涼しい空気の中で生れて、日が出ると消えてゆく世界です。

それが輝いて、風にゆらめいているのに見いったときの、胸のときめくような快感。いやだった宿題、うだるような暑さなどのことは忘れてしまいました。

忘れ得ぬ思い出

私が小さいころは、まだカンジンこよりというものがあって、紙をとじたり、小さい物をしばったりに使われていた。じょうぶな日本紙をほそく切って、それをはしからななめによってゆき、ピンとおったつような、美しいひもに作るのである。私たちは小学校の手工の時間にも、こよりをつくらされたものである。

ある時、紙をつないでいって、このこよりを長くつくり、それを二つに折り、なわのようになって強いひもをつくることを習わされた。

すらっとかっこうのよいひもを、どんどんつくっていく子もある。のりで紙をつなぐのではないから、途中でこよりのはじがはずれて、ぬけてしまう子もいる。

ひとり、とても不器用で要領はわるいが、ばか正直につなぎ目をしっかりつなぎ、コブコブしたひもをつくった子がいた。みんなが、それを見てわらった。

最後に先生はみんなの机の間をまわりながら子どもたちのひもを、ピンピンとひっぱって歩いたが、そのわらわれた子のひもだけはおとなの先生がいくらピン！　とひっぱっても切れなかったのである。「カンジンこよりは、こうつくるものだ」と先生はいった。

その時の情景が、五年生の私に強烈な印象をあたえた。私はあまりえらい顔をして、若い人にものを言いたくないけれど、若いうちから物事にたかをくったり、あまえたりしている人をみると、この話がしたくなる。

みがけば光る

私はほかの面でもけっして急進的な人間ではないが、こと家具にかけてはまことに保守的で、このごろ、時どき見かける三角のテーブルなどに出あうと、そこに腰かけている間じゅうおちつけない。

私の望みの家具はといわれれば、木で、分厚で、がっちりしているものということになる。そして、その分厚いものの角がすりへっているくらいにふきこんであれば、申し分がない。こういう感覚は、ごく小さい時の環境ときりはなせないものかもしれない。

私は、浦和のはずれの、半農半商というような家に生まれた。私が女学校を卒業するころまで、家は古々としてわら屋根の家屋であった。

そういう家では、どこでもそうだが、雑巾がけが、子どもたちのかなりの大仕事であった。夏の夕方など、女のきょうだい三人くらいで、廊下を、おしりをたてて雑巾を押しながら、はしからはしまでかけてゆく。雑巾をゆすぎながら、横から見ると、ふいたあとと、ふかないところ——ふいたところでも、よくふけた個所と、いいかげんになすったところでは、板の光りかたではっきり区別ができる。そんな時、自分の仕事の成果が、美しさとなって示されることに、小さいながら大きな満足をおぼえたものだった。

私の幼時、その家の主であったのは、祖父だったが、これが、たいへんがんこな人で、東京から客人がくると、ゆっくりあいさつもしないうちに、席をたって、長屋門の仕事部屋にはいってしまう。じまんのうどんを、お客に御ちそうしようというのである。私は、分厚い板の上で、うどん粉がねられ、それがのばされ、たたまれ、さくさくと切られ、うどんとなって、ぱらり白いあみのようにひろげられるまで、いつもあきずにながめた。

祖父が死んで、だんだん家では、手打ちうどんをうたなくなった。祖父が使った板も、めん棒も物おきにしまわれた。

私たち姉妹が女学校にはいったころ、私たちは、そのような、板を何まいか持ちだし、カスガイでつないで、ピンポン台にして遊んだ。それを母に見つかって、大目だまをもらった。うどんの打ち台はケヤキの一まい板だったそうである。

その後、父がそれで机をつくり、私たちはそれをちゃぶ台に使った。カスガイのあとをけずったので、台はずっとうすくなったが、美しく流れる木目がうかび、父がお茶をのみながら、無意識のように台ふきんで表面をこすっているのをまねて、私も食事のたびによくふきこむのがたのしみになった。

その机は、いま兄の家にある。先日いってみたら、私たちよりも一世代若い人たちの手で、みごとによごれ、しみがつき、別物のようになっていた。もうふかないでも光らせる工夫のできてしまった忙しい世の中で、土びん敷きを見ても、下駄を見ても、ふいて光らせたくなる私など、もう時代おくれなのだなと考えた。

「むかし」のひなまつり

私は、おひなさまがすきである。この感情は、子どものころのひなまつりが、たいへんたのしかったということとに直接むすびついている。

といっても、子ども時代に、ぜいたくなひなを与えられたのでもなければ、御馳走ずくめのひなまつりをしてもらったわけでもない。何しろ、家は東京近くの小さな町の中流の町家で、むすめが五人（ほかに、男の子がひとりいたけれど）の末っ子で、物心ついたのが大正の一ばんはじめごろといえば、日本のひなまつりを一ばんさりげなく、自然にたのしめた世代といっていいのではないだろうか。

私が、ひなまつりをはっきり意識する年ごろになったころ、私の家のひなは、八畳の座敷のおく半分をふさぎ、そして、高さはカモイを越すほどのひな段をうずめるほどの数と量に達していた。

おひなさまは、ふだんは、私たちが物おきと呼んでいた、裏の長屋門の一角の、押し入れのなかにしまわれてあった。町のひな市もすぎ、三月三日も近づくと、お天気のよい日を選んで、いよいよ、家でもひなをかざろうということになる。物おきの大戸の前に大八車がひっぱってこられる。そして、その上へ、おくのうす暗い戸だなから一年ぶりにとりだされた白木の箱がつみあげられる。祖父母の代までは、かなり畑もつくり、長屋門の内がわは、農仕事をした場所でもあるので、庭は、ひろい。おひなさまは、大八車でごとごとゆられながら、柿の木の横を通り、井戸の前を通って、縁がわにおつきになる。

さて、座敷にひな段がくみたてられ、その上にモウセンが敷かれてしまうと、つぎつぎに箱からとり出され、ほご紙をむかれて、一年ぶりに日のめを見たおひなさまたちが、毎年のきまった位置におかれてゆく。内裏さまや官女や五人ばやしは、「ねえさん」とよばれ、きょうだいじゅうで別格だった長姉のものだったが、あとのその他大勢のひなたちは、どれがだれのものであったのか、いまは忘れてしまった。ただおぼえているのは、私の生まれたころには、私の家のものも、縁者たちも、ひな選びの興味など失ってしまったと見え、「これはおまえのもの」と毎年いわれたのが、神功《じんぐう》皇后と武内宿禰《たけうちのすくね》という、ちょっとかわったひと組だけだったことである。いや、ひと組といっても、このグループは二人だけではなく、たしか、宿禰は腕のなかには、にしきのきれに包まれた赤んぼうとおぼしき棒状のものをささげもっていた。子どもの目にも、けっして上等品ではなかったこのひなは、それでも、古代の差というような、ロマンティックで、ちょっとうすきみわるいものを、私に想像させた。

こうした、ともかく、名まえも性格もあるおひなさまが、最上段から五、六段までずらっと占領すると、その下の一、二段をうずめるのが、「座りびな」という人形たちだった。裃《かみしも》をつけ、はかまをはいて、きちんと坐っている男の子の人形だが、これは、町内の人たちが、近くに女の子が生まれると、いわば、「ほんの名刺がわり」にもっていったもので、きっとねだんもずいぶん安かったにちがいない。毎年、だす度に髪の毛がとれたり、虫がくってしまったりで、もう一年しまっておけなくなるのが、たくさんあった。そういうおひなさまは、ひなをしまう日になると、まとめて、すこしはなれた三角いなりというおいなりさんの社の床下に「おさめ」にいった。そこで、しばらくネズミと一しょにあそんでから、かれらは、風化してきえてしまったのであろうが、小さな子どもには、たいへんなっとくのいくしまつのしかたであった。

座りびなをすてるところまできて、私にとって興味のあったひな段の上の登場人物(?)はおわったかというと、けっしてそうではない。まだまだだいじなものがあるのであった。ひな段の最下段にひろげられるおもちゃ類である。

これは、おひなさまに付属した道具ではない。私の家には、御所車やたんすなどはついていなかった。かわりに、こまかいおもちゃ類が、何十となくあった。私がおぼえてから、新しく加わったものはなかったから、長姉が赤ん坊の時から、二、三ばんめの姉たちのころまでに、だれかが、どこからともなく集めてきたものであろう。セトモノの金魚、小さい魚焼きあみ、七輪、ガラスのおさら、茶器など。上の段のおひなさまは、抱いてはあそべないけれど、下段のおもちゃたちは、毎年、私たちのあそび相手になってくれた。お習字のほご紙をめくると、そのかげから、ひなたちが、また去年とおなじ顔をだしてくる時の、ゾッとするようなうれしさも忘れられないけれど、セトモノの金魚や、うす青くにごったガラスのおさらがころがり出てくる時のたのしさといったら、何にたとえたらいいかわからない。つまり、それが、すぐ上の姉や私にとってのひなまつりなのであった。

　私たちが歩くと、冠のヨウラクをゆらゆらゆすって上の方から見ているおひなさまたちを見物人にして、私たちは、ままごとをした。いつもの自分たちの家とはちがったような雰囲気が、私たちのまわりにただよう。ひな段のうしろにはいってみると、ひなのあき箱などがつんであって、まるでどこかちがったところへいったような気になったりする。そこを出たりはいったり、私たちは、一年のうち、一週間か十日だけしかいけない国で、あそんだのである。

　そして、その日がすぎると、また思いきりよく、おひなさまもおもちゃも、ていねいに包んで、物おきへおくりこむ。何十年のあいだ、ひなやおもちゃは、入れたりだしたりされながら、時が破損した個所のほかは、こわれもしなければ、なくなりもしなかった。ふしぎな時代もあったものである、という気が、私にはするのである。どろでつくったひなは、やがて、なくなったのは自然だとしても、金魚やガラスのおさらまで、私がおとなになり、つぎの代にわたったとたんに、けしとんでしまった。

灯火管制下のコーラス

私は音痴で、あまり人前で歌をうたうことを得意としない。しかし、道を歩きながらや、洗濯しながら、わりにひとりでは歌を口ずさむほうである。

ふしぎなことに、こういう歌には、二種類ある。一つは無心になった時、知らないでうたっている歌。いつか気がついたら、「手本は二宮金次郎……」とうたっていたので、ひとりでびっくりし、笑ってしまった。

しかし、いくら自然に出てきたからといって、こういう歌は、私が歌のいみに感銘して、うたったわけではないように思われる。この歌をうたった時、私は、陽光の中を、いそぎ足で歩いていた。あたりには、じゃま物はなかった。この気もちのよい情況が、その歌をおぼえたころの、幼い時とおなじような生理的リズムを私の中によびおこしたのにちがいない。

しかし、私にはこういう無意識な歌とちがって、何かを思いだしてうたう歌もある。そういう歌で、わりあいちょいちょいうたうのは、シューベルトの『菩提樹』である。

それは、この歌の情緒的なものが、私をひきつけるからではなくて、思い出があるからである。

戦争の末期、私は、ある工場の寮で、秋田県から勤労動員で出てきていた何十人かの若い少女と暮らしていた。

それは、まったくひょんなことから、そうなったので、べつに国のためというつもりはなかった。私は、ひる間は、その少女たちといっしょに工場についてゆき、夜は、寮で国語を教えたりした。

その子どもたちよりも先に、かの女たちの先生、Kさんと知りあい、Kさんと生徒たちとの結びつきに感心して、いっしょに住んでみようと思ったのだが、ともに生活するうち、私は、その生徒たちがほんとにすきになった。そして、まだ若いかの女たちに、何か澄んだ、きれいなものを味わわせてやりたいと思うようになった。

私の知人に、Tという変わり者の音楽家がいた。私は、この人が、意のままに小さな子どもたちに音楽教育をしているのを知っていたから、私たちの寮にきて、コーラスの指揮をしてくれないかとたのんだ。

もう灯火管制のきびしくなっているころで、かれの住んでいた吉祥寺から、私たちの寮のある川崎までは、あまり安全なコースとはいえなかった。それは、来てもらうとすれば、夜でなければならなかった。

けれども、Tさんは、すぐ承知してくれて、アコーディオンと鉄かぶとのひもを甲斐甲斐しく胸でぶっちがいにして、一週に一度通ってきてくれた。

みんなが、T先生の日を、たのしみに待った。その日の情況によって、一時間か二時間練習をすると、かれの帰りは、かなりおそくなった。「おだいじに、おだいじに」といいあって、うす暗い玄関でおじぎをしあうと、Tさんの背中の鉄かぶとが、ころんと胸の方におちてきたりして、若い子どもたちは、笑いころげた。

かれに教えられて、いくつの歌をしあげたろうか。一ばん長くかけて、一生けんめい歌ったのが、『菩提樹』だった。また、これが一ばん心に残っているのは、たぶん、これが最後で、Tさんも来られなくなったからだったろう。この歌をしあげた時、先生のKさんが、「みんな将来、どこへどう散らばるかわからないけれど、この歌をうたう時は、きっと今晩のことを思いだし、みんなのことを考えようね」と、子どもたちにいい、私も、ほんとにそうしようと思ったことを思いだす。このようなことは、みなうす暗い電灯の下の情景として思いだされる。若い女生徒たちの歌声だけが、きれいだった。

その後、K先生のことばどおり、少女たちとはちりぢりになり、いまでは、年賀状も数人の人と取りかわすだけである。ほとんどみな結婚したろうし、いいお母さんになっているだろう。

しかし、先日、ベルリン・オペラのフィッシャー・ディスカウの『冬の旅』をテレビで聞いた時、私は暗い電灯のもとで、またあの少女たちと手をつなぎあっているような気がして、「聞いた？　聞いた？」と、そのひとりひとりに心の中で話しかけた。フィッシャー・ディスカウの歌は、音楽批評家の間では、あれはシューベルトではない、いや、あれはあれでいいのだ、などと論議があったようである。しかし、私には、心にしみる歌だった。

メダカと金魚

先日、ある友だちに、「あなたは戦争ちゅうに、メダカを飼っていたんだからねえ！」と言われた。そのいみは、かわり者だよということだったのだろうけれど、わたしは、そんなこととは関係なしに、ああ、そんなこともあったなあ！　と、ふかい感慨にひたってしまった。

その友だちにそう言われるまで、わたしはほんとにそんなことはすっかり忘れていた。それほどこのごろの毎日は、ほこりっぽく、いそがしい。が、そう言われて、戦争ちゅう、東京の片すみで、ただひとりの家で、毎日毎日、ひまさえあれば、ガラス器のなかのメダカのたまごを一生けんめい見つめていたころのじぶんの姿が、はっきり目に見えるように浮かんできた。

そして、なぜそんなことをしたかということも。

わたしが、死んだ友だちからもらって、いまも住んでいる荻窪の家の庭には、巾一メートルちょっと、たて二メートル半くらいの池と、信州のいなかからもってきた石うすが一つある。池も石うすも、戦争ちゅうは、町会の人などがまわって来て、これだけ防火用水があれば、よろしい、と言ってくれたけれど、そういう目的のためのものではなく、スイレンを入れ、メダカや金魚を住まわせるためにあるものだった。石うすには、緋メダカを入れ、冬は、池のほうへ避寒させるならわしだった。

アメリカとの戦争がはじまるころには、もう何年か家に住みついたメダカは、メダカとしてはめずらしいほどがっちりと大きくなり、石うすの主らしく、家族づれで堂々とおよぎまわるようになっていた。

わたしは、それまで特にメダカや金魚に趣味をもっていたとは思えない。けれど、家のメダカや金魚だから、家族のようには思っていた。それに、そういうものも、たいてい友だちの遺産だったから、わたしには、そのいみでも親しいものだった。けれど、そのうち、わたしはちがったいみで——というよりも、じぶんでも知らないうちに——ひまさえあれば、金魚やメダカのそばへいって、しゃがみこむようになった。戦争はだんだんひどくなってきていた。わたしも出たり、はいったり、かけ歩いたり、庭の木を全部切って、畑にしようと思ったり、また事実、半分ほどのところへはおとなりさんといっしょに、大根やさつま芋をつくったりに、かなりいそがしかったが、ちょっとと坐りこんで、気がついてみると、空のほうをむいて、ハァハァと息をついている。酸素のたりない水のなかにいる金魚そっくりである。「あれ、ため息をついてる。」と思って、わたしはいそいで外へ出て、金魚やメダカのそばへいってしゃがんだ。そして、幸福そうな魚たちをながめた。家の金魚やメダカは、アップアップしていなかった。のびのびと、思うがままに生きていた。生きて、成長して、ふえていた。

メダカのたまごをとることをだれに教わったのか、わたしはおぼえていない。たぶん、家の緋メダカが、いつのまにかふえて――といっても、年に一匹もふえないかもしれないくらいの程度で――石うすのなかが、少しずつにぎやかになってゆくのを、ひとに話して、タマゴを親からはなしてしまえば、たべてしまわれないから、たくさんふえると聞かされたのだろう。

わたしは、ある五月、シュロのケバケバを糸でしばって、石うすのなかにぶらさげてみた。そして、一日か二日して、糸をもちあげたら、朱色の半透明な、世にも美しい小さい玉が、きたならしいシュロの毛にたくさんついていた。わたしは、びっくりして、ぞっとするほどうれしかった。

ガラスの花びんに水を入れてそこへ放し、毎日、観察した。タマゴはあとから、あとからできたから、家じゅうのコップ類を動員してもたりないくらいだった。

そのころ、毎日の変化や、タマゴからかえる数をチェックして、次の年の参考にとっておいたのだけれど、それからのドサクサでどこかへいってしまった。タマゴは、石うすからひきあげていく日かすると、黒いポチとした点――つまり目だまが、ふたつできて、小さい小さいダルマさんの顔だけのようなものになる。そして、またいく日かすると、タマゴのからのなかで、その目だまが、とてもすばやくクルクルまわるようになる。虫目がねで、はじめてそれをのぞいたときは、ばけ物のような気がして、きみがわるかったけれど、何度ものぞいているうちに、それは、目ダマがまわるのではなくて、タマゴのなかに小さいメダカができて、からだをまるめたまま、カラから出ようとして動いているのだということがわかった。

そして、とうとうカラを蹴やぶって、ガラスの水のなかにおどり出たばかりの目ダカは、まだからだがひんまがって、まっすぐのびない。大きさは、ツクダ煮のアミを小さくしたくらいで、タマゴとおなじくうす赤。ほんのりとからだじゅう、はらわたまでが透けて見える。しばらく、エビのように、ピンピンはねたり、またぐったりのびてしまったりしているうちに、やがて、まっすぐにのびて、勢いよく大海のなかを泳ぎだす。何百という、うす赤くすきとおった、ごみのように小さい魚が、ガラスびんのなかを泳ぎまわっている光景は、なかなかの壮観だった。

きっとそのころ、わたしは、友だちがくるごとに、友だちをそのびんの前に立たせ、その人の目に目ガネをおしつけたにちがいない。そして、きっと「どうです、メダカの生きていることは！　はずかしいじゃないの。」くらいのことを言ったのだろう。

いろいろの物が不自由になり、お茶菓子もなくなったころ、メダカの見物は、わたしに出せる最上の、たのしい、生気あるごちそうだった。そして、そのごちそうは、わたしのとぼしい財布から、一銭も出さないですんだ。

わたしは、よそから帰ると、すぐメダカのところへゆき、タマゴからかえった数を喜び、死んだ数をなげき、水をかえ、エサをやりしたのだけれど、大部分は死んでしまった。わたしはやりかたを知らなかったし、メダカの子は、とても育ちにくいものだと聞いて、じぶんをなぐさめた。親にくいころされるより、わたしがいく日でも、水のなかを泳ぐようにしてやったのだから、まずかんべんしてもらおうと考えた。

そして、やがて、わたしも、この家をしばらくあけるようになり、何年かたって、また住んでみると、石うすのメダカは、いつのまにかいなくなっていたが、まえに十匹ぐらいだと思っていたスイレン池の金魚は、このあいだ、十年ものごみのつもった池の水をかえてみたら、五十何匹になっていた。わたしはわァわァ言ってよろこんだ。

先日、井伏鱒二さんが、池をのぞいてごらんになって、「ああ、たくさんいますね。フナ尾だ。」とおっしゃった。わたしは、なんのことかわからなかったが、子どもをほめられた親のような気もちで聞いていた。

ところが、池の水をかえたおかげで、金魚が病気になったので、あわてふためいて、ある方から金魚の大家のあらわされた本をお借りしてみて、びっくりし、おかしくなった。フナ尾などというものは、一人前（?）の金魚になるまえに、「はね」られてしまう部類にはいる金魚なのだ。

つぎにパンクズのエサをやったとき、「おまえたちは、フナだ、フナ金魚だ。」と、わたしは、心のなかで言いきかして、大笑した。金魚も、「おい、おれたちは、フナ尾だとよ。」と、あまり気にしないで、笑ったような気がする。

金魚の病気のことで、ぐちをこぼしたら、浜本浩さんから、「ここで、五十匹は多すぎる。」と叱られたけれど、「だって、ここで生まれたんですもの。」と、わたしは抗議した。

家の金魚はフナ尾だけれど、なかなかりっぱで、なかには六七寸のも一匹いて、わたしがくったくしたとき、ため息がでるとき、なぐさめてくれるには、ことかかない。あのはり切った線を見せて、「おれは生きている」とばかりに、泳いで見せてくれる。池の水をかえたので、まだ黒い子どもの金魚が、うすくホコリをかぶったような病気になってしまったことを、わたしはすまなくおもっている。

山のさち

　私が少しまえまで住んでいた東京の家の庭には、シラカバやカラマツが植えてあって、そういう木々の下には、カタクリやトラノオやクリスマス・ローズや、あまり東京では見られない野草が、季節季節に咲きだして、私たちを喜ばせてくれました。それはみんな私の死んだ友だちのかたみでしたので、私にとっては大事なものでした。

　カタクリのように寒い国に咲く花は、東京へもってくると、毎年、数が少くなって、はじめはたくさん植えたのに、だんだん三つ咲く年もあり、二つ咲く年もありというようになります。宮沢賢治も書いているように、カタクリは、まず春が来たことを知らせてくれるかわいい花で、いままで茶いろの落ち葉でうずまっていた庭のすみに、あの、むらさきの、ツバメをおもわせる花が、短い丸い二枚の葉をタモトのようにひろげて、すっと頭をさげて咲くと、私は大声で、「Yさん、カタクリが咲きました！」と、おとなりへ知らせたものでした。おとなりは、死んだ人のいとこでした。

　ところが、東京には、よその家の花をとる子がおおぜいいました。いなかにもいるのでしょうが、東京では面積の割に、子どもが多く、花がすくなかったから、めだったのかも知れません。

ちらと子どものかげが動いたような気がして、いそいで出てみると、いままであったところに花がないのです。表へかけだしてみると、まだその子らしいうしろ姿が、二、三十メートルさきにあることもあります。そして、とった花が、もみくちゃになって、そこいらに落ちていることも度々でした。私は、その子を追いかけて、どなったことなどありませんけれど、ほんとはどなりたかったのです。

けれど、一、二時間すると、私は落ちついてきて、その子をおこるよりも、昔は、「春の野にすみれつみにと来しあれぞ野をなつかしみ一夜ねにける」と歌った人もあるのに、花をとられて、かけだしたりしている自分がこっけいになり、いまの世のなかがいやになるのでした。

ところが、二年まえ私は東北の山のなかに引っこしてきました。夏はじめて私がここにきたとき、山はシラユリに埋もれていました。トラノオは雑草のごとく（ほんとは雑草なのですから）そこらじゅうに咲いていました。間もなく、キキョウが咲きだし、秋にうつって、山全体がもえたようにもみじするころには、赤マツのかげに、キノコがにょきにょきはえ、朝、おみおつけのみがたりなければ、かごを持ってかけだせばよかったのです。冬はすべてが雪につつまれ、その下で北国の人たちは、どんな人でも詩人になって春を待ちます。その春は、五月はじめのウグイスの声からはじまるといったらいいでしょうか。そして、カタクリが——あのカタクリが、私の家の庭（といっても、何町歩かの山ですが）のあちこちに、サラサ模様のように咲きだしたとき、私はなんといったらいいかわかりませんでした。「神サマ、これでよろしいのですか？　こんなにたくさんいただいても？」

私はなん度も聞きたくなりました。これは、まるでおとぎばなしだと私は思ったのです。

東京の友だちが、いつか一ばんよい季節に私の山をたずねたいといいましたので、私は答えました。「そうですね、春……は、やっぱり一番いいでしょう。鳥はなきだすし、花は咲くし……でも、新緑もシラユリも悪くありませんよ！　そんなことといえば秋だって……クリがなるし……けれど、スキーをなさるなら冬ですね」

こんなわけで、私の境遇は、多くの人たちが殺人電車でもまれて暮らしている世の中で、ほんとにもったいないものです。私は山がすきです。みなさんのうちで、山のすきな方は、ここへきて住んでごらんなさい。ただし、朝、四時に起きて朝草かり、こやしかつぎのいやな人はだめですが。

かなしいのら着

このまえ、東京に出たとき、親しいともだちから、「Aさんと会ったとき、あなたがどんなかっこうして百姓してるんだろうって、話したのよ。そして、あなたのことだから、少しはハイカラなかっこうしてるんだろうって笑ったの。」と言われた。

あなたのことだから、というのは、私のともだちならみな知ってるけれど、私がハイカラだということではなかった。ただ、私が単純で子供っぽく、自分の身についた物や事でないと、着たり、料理したり、話したりできない種類の人間だったから、服装も、自分でしまつするようになってからは、ほとんど洋服というものを着ていたというだけの話であった。けれど、それを「洋服」とおもっては着ていなかった。そして一つには、小さい時からとても語いが少なかったためと、また、手製のものをわざわざ洋服と言う気にもなれなかったために、自分の着るものは、ふつう「きもの」と言っていた。

学校にいるころは、そのきものを、へたでも自分で縫った。型などろくに裁てないのに、何度でも鏡のまえにたって、自分のきものになるまでなおした。そして、洋服が似合うと言われた。

学校を出て、いくばくかの月給をいただくようになると、私もちょいちょい通りがかりのきれ地やをのぞいたりした。できている服を買ったおぼえは、レーン・コートのほかはない。きれ地というものは、ふしぎなもので、戦争まえのように、あの棚の上に天井までぎっしり積れるほど並んでいても、そのまえにたっているとそれが自分のものかどうか、カンのようなものでわかるところは、本とおなじである。値段の高いものは買えないから、私のかんしんなカンは、私のきれ地のなかへ入れなかった。洗たくのきかないもの、つめたい色、かたいきじ、それも不合格だった。そして、買ったものは、ともだちに教えられながら、自分で縫ったり、いそがしい時はたのんだりした。

「あなたのきじをあずかってると、私が何も言わないのに、家に来る人、ちゃんとあなたのだって当てるのよ。」と、そのともだちは言った。

なぜかは、私にもわからなかったけれど、私が自分にぎごちない感じのものを着られなかったことだけはたしかだ。

こうしてつくったものは、たいして数があったわけでもないのに、私は、スフといいのにいわゆる洋服をほとんどつくっていない。そのもちのよいのには、自分ながら感心する。洗濯は上手だから、外套でもやさしいものは、自分で丸洗いした。シャボン玉のような色のあわちぢみのワン・ピースは、夏が来るごとに、ほとんど一日おきに七八年も着て、たまにあう人には、「なつかしい服だ」と言われた。またいじの悪い人には、「まだ着てんの？　もうあきたわ。新しいのお作んなさいよ。」と言われた。もっともこの人は、洋服屋さんだった。けれど、それでもあきないで着ているうちに、背なかがぬけたので、いいところだけとるようにと、小さい姪にやった。こんなに着古したものは、人にやってしまったあとまでも、「私のきもの」とおもわずにいられない。ともだちの句ではないけれど、「古つづら、むかし似合いし小ぎれかな」である。

そのころ――というのは、戦争のおこるまえ、私が服をつくったころ――一ばん仲のよかったともだちが、私の着るもののファンだった。その人は、気しょうのはげしい人なのに、去年の流行でもないかわりに、ことしの流行おくれでもない私の服がすきだった。

「その服、外へ着られなくなったら――（私はそのころ、雑誌記者という外歩きの仕事をしていた。）――私に着せてね。」と言われて、大笑いしたこともあるし、ふたりで外出したときなど、「きょう、見て来た服のうちで、あなたのようなの、一つもなかった。」とほめてくれた。そしてしまいには、私のおゆずりが、一ばん着心地がいいからと、自分で新調するときも、私につくらせ、少しの間、私に着せたりした。

その人がなくなって、私の服は、一つのルートを失い、しばらく私のところに落ちついていたけれど、おなじものを十年も着ていると、最後の二三年は、年ごとに、もとの色がだんだん自分の色でなくなって来るということに、私は気がついた。これが、年というものなのだろう。そこで、また私の服のすりきれないものは日本のあちこちにちらばりはじめた。

春秋に着た、柔いうすいグレイとオールド・ローズのかすりのようなフランネルは、いまこの山のなかで一しょにいる十五の女の子のよそゆきだし、白地にアラビヤ風の色さまざまな花模様の木綿のワン・ピースは、秋田の娘さんのところにいっているし、夕やけ色の毛のツー・ピースは、群馬の若いおくさんがなおして着ている。みなこの戦争のおかげで知り合った新しいともだちで、戦争まえに育った私たちとは、ちがった青春時代を持ち、その服のなりたちや、それを着ていたころの私を知らない人たちだ。けれど、私は、それらの服といっしょに、いまから考えれば静かだった私の若い頃の思い出の一こまをその人たちにおくったつもりでいる。

ただ一つ、もう十三四年にもなる黒とグレーのかすりの外套は、とても重宝なので、ひとにやるひまもないほどしょっちゅう着て、いまでもりっぱな服のつもりでいたら、去年のお正月、山から東京に出てみておどろいた。肩をいからした赤、黄のはんらんのまえに、私の体の形なりになってしまったうす黒いコートは、こじきのようにみすぼらしく見えた。私は、浦島太郎のように途方にくれ、東京にいる間じゅう、ともだちの外套を借り、肩をこらしながら歩いて、どうやら体面をたもった。

この経験は、私にいろんなことを考えさせた。三年間、土や雪を相手にしていたということが、私に東京を他人——好意はあるけれど——のようにながめさせた。とにかく、この不自由さ、不自然さはどうだ、と、私はおもった。東京で一人まえの様子をして仕事をするには、よその国の人の形にあった型の服を着、ない靴下をはき、ない靴をはかなければならない。私は外出して帰ると、上京するとき、山のトランクの底から出して来たすでに継ぎのある靴下をつぎながら、短い滞京時間を、こんなことで費すのはつまらないなあと、泣きたいような気がした。一日歩いて来ると、古靴下は二三本電線が走る。一足千円という靴下を買うお金があったら、山へ集めて持って帰って乳牛を買いたい。病人や子供たちにお乳をのませて、ふとらせたい。仔牛を生ませて、年とって死んだら、ない靴を少しでもあるようにしたい。それにしても、美しく化粧して街を歩いたり、事務所に働いたりしている娘さんたちは、たのしそうにくるくる動きまわっているではないか、彼らは何をたべているのだろう。何を考えているのだろう。彼らは、日本のすみずみで、百姓が、雑巾みたいなのら着を着、雑巾みたいなふとんでねているのを知っているだろうか。私の家の近所の人たちは、東京があるということは、知っているけれど、東京でどんなことが行われているか知らない。軽便鉄道はいつも乗るけれど、東北本線さえ、驚異で、少しまえまで学校の生徒が遠足で見に行ったという。こんな人たちに、つけまつげやにせの乳房の話をしたら、「なしてそんなことするのや?」とびっくりするだろう。美しく見せるためにといっても、彼らにはわからないだろう。それでも彼らは、とにかくどぶろくをのみ、はらいっぱいたべ、ろばたで居ねむりをする。日本というところは、心臓と手が、ずいぶんばらばらに働くところだなあと、私は思った。

私ももとは、ひとのものを自分のものとおもって、東京でからまわりしていたろうか。私はそうでないと言いたいけれど、私は盾の半面を知らなかっただけのことにちがいない。

あなたのことだから、ハイカラなかっこうで百姓をと言われたときも、私は、椅子にこしかけて、靴下をつぎながら、遠い山のなかの生活をどう説明していいかわからず、

「破れて、からだの見えるようなのを着ているの。」と言った。

のら着というものは、木綿のパリパリでないかぎりは、ついでもついでも切れて、雑巾みたいになってしまうものである。破れたズボンで田のなかへ入ると、そこへ知

らないまにヒルがすいついて、何匹も何匹もで血をすい、足をあげてみると、若芽のように大きくなってひらひらぶらさがっている。それを、ひきちぎり、ひきちぎり、田をかきまわす。こうして、水のなかにつかっていると、のら着はまたおどろくほどよわくなって、とけてなくなる。それで、百姓は、純綿々とさわいで、それ用のお米をかくしてとっておく。

ああ、この外国と日本と、空腹と満腹と、原子時代と神代時代と、りゅうとした洋服とぼろののら着の距離をちぢめてくれる、手力男命かサムソンのような力持ちはないものかと、私は靴下をつぎながら、いらいらし、背中がむずむずした。

汗とおふろとこやし

　東北本線で上野から十一時間、それからマッチ箱のような私鉄に乗りかえて、トコトコ、トコトコゆられながら、秋田と宮城と岩手の境に巨大なコブラのようにとぐろまいている栗駒山の裾へ二時間ほどはいりこんでゆくと、田んぼにかこまれた鶯沢という（ここらの人の発音でいえば、オゴイスザという）小さい、美しい名まえの駅に出る。文字どおりの寒村であるこの村の片すみに住むようになってから、東京に出る度に、友だちから、

「いよいよ帰って来ましたね」とか、

「どうしていつまでそんなところにいるんです」とか聞かれる。

　いつかは、酔って、「なぜ出て来ない」とポカンと私の頭をなぐった人がいた。

　私は、ありがたくなった。それほどまでに、私が東京へ帰ってくればいいと思ってくれる人があるということはたしかにありがたいことだった。

　けれど、同時にまた私は、いやになったり、めんどくさくなったり、おかしくなっ

たりした。私が、

「主人が転勤したんですもの」とか、

「子供が病気なんですよ」とかいってしまえば、日本人はひとり残らず、何の文句もなく、わかってくれるはずであった。ところが私には、養わるべき、または養うべき夫も子供もなかった。私が私の意志で、女だてらに、山のなかで土だらけになって暮すということになってみると、事はずいぶん面倒らしかった。私の薄弱な口実のすきを見つけて、彼らは反撃して来る。

「ばかばかしい時代サクゴだね」

「新しい村の亜流じゃないですか」

「そりゃ、きっと失敗する！」

私は、みじめな気もちになりながら、心のなかで、ああ、トム（猫）よ、エルシー（乳牛）よ、ポピー（めん羊）よ、小鳥よ、花よ、ほんとのことをいうと、私はおまえたちといっしょにいるのがだい好きなんだ、それだけなんだよ！　と思った。

私たちが、突然、この村に姿をあらわしたのは、戦争と敗戦のさかいめの時だった。

戦争中、いろいろかなしいことが私の身におこり、私は世をはかなんでいた。私の書いた子供のお話は、「自由主義」であった。さかんに書いている人たちの会合に出てみると、議長さんが、

「では、○○さん、あなたは神社清掃を主題に、七、八歳の女児を主人公に十五枚書いてください。××さん、あなたは、勤労奉仕に出ている十五歳の少年について、十枚」というような話をしていた。

私には、御注文の物は何ひとつ書けなかった。私は自分の無能さに途方にくれ、ある工場にいってみた。そこで、東北から生徒をつれて来ていた狩野という女の先生に会った。そこは模範工場で狩野さんのつれて来ている生徒は模範生徒として表彰された、模範工場では、厚生課には、いつも肉があり、えらい人が視察に来ると、アイスクリームなどが出たけれど、生徒たちは、さつま芋だけのときがあった。

私は、いつか仕事をしながら、私は、ほんとは百姓がしたいんだと話した。私もそうだ、いっしょにしようと狩野さんがいった。それから二、三カ月して、狩野さんは工場とけんかするようにして、生徒をつれて秋田へ帰り、それからしばらくして学校もやめた。

私たちが、空襲でダイヤの狂った汽車に乗って、あちこち適当な場所をさがしながら、やっといまいるこの山に辿りついたのは、昭和二十年八月十一日だった。狩野さんの郷里がすぐここの近くの町であり、彼女の友人の御主人がこの山を持っているのであった。その人は、じきあきてやめるだろうふたりの女が起こすくらいの土地なら、貸してやってもいいといった。

もと郡有林の苗圃《びょうほ》であったこの盆地は、個人の手に渡ってから、荒れはてて、下ばえがボウボウ生いしげり、南に向った丘の中途にたおれかけの萱ぶきの家が一軒たっていた。北がわの山のかげには、小暗く杉がたちならび、その下に沢水の井戸があった。土地は北から東に傾斜をなし、その土地を三つに区切っている細長い沢は二、三畳じきくらいの、十五六枚の小さい田になっていて、そのふちを白百合がかざっていた。

「ああ、百合が咲いてる、百合が咲いてる！」と、畔の上をはねて歩いたのを私はおぼえている。けれど、狩野さんのいうところによると、私は、その日、何十日ぶりかで笑ったのだそうだ。

「住む家を選ぶということは、一生の伴侶を選ぶとおなじように、すきかきらいかということが、重要な問題です。そりゃ、欠点はどこにでもありましょうよ。でも、あなたは、その家がおすきなんですか？」

私のすきな本にこんなことばがあった。私が選んだのは、家ではなかったけれど、私には、この山に住むということが、一ばんなっとくのいくことだった。そして、誰にも迷惑をかけることではなかった。

さて、土地がきまったので、「百姓」をはじめなければならなかった。町から、村へ宿がえすることにし、市川さんという農家のお座敷を一部屋借りた。私たちの持っている農具は、私が東京で防空壕を掘ったスコップ一梃。それでは、かわいそうだというので、山の持ち主が、唐鍬《とうぐわ》という開墾用の鍬を一梃、寄付してくれた。木を伐りたおす鋸《のこぎり》は、狩野さんが、生家のにいさんから借りて来た。

　八月十五日の午前、狩野さんは、市川さんの縁がわで、ギーコ、ギーコ、夢中で鋸の目をたてていた。考えに考えて着手する仕事の第一日だったので（八月十五日、狩野さんのお母さんの命日、この意義ある日に、私たちは出発しようとしたのだ）、私たちは、夜あけからでも山にかけつけたかったのだが、その日のおひるには、「ありがたい御放送」があるから、みんなが聞くようにという達しが来ていた。狩野さんは、それまでの時間がもったいないと、一生懸命、ギーコ、ギーコ、鋸の目をたてた。

　おひる、市川さんのおく座敷のラジオの前には、近所のおっかさん、おばあさんたちが大勢集っていた。私たちは、アナウンサーの指図どおり最敬礼の後、あの運命の御放送を聞いた。

　聞き終って、狩野さんと顔を見あわせると、何が何だかわからないのに、涙だけボロボロとこぼれて来た。まわり中のふしぎそうな顔。

「戦争、もう終ったんですよ」と、私たちはいった。

　なんという、まのぬけたおかしなことばだろう。けれど、私たちにたしかにいえるのは、戦争が「終った」ということだった。勝つはずはないし、どういう負けかたなんだろう。

「へえ、そうすか？」と、おかしな顔で答えて帰っていったおっかさん達は、またいそがしく自分の家の庭の防空壕掘りをはじめた。近くに鉱山があるので、その村は、連日、まっ黒い艦載機のお見舞をうけていた。

その日の午後私は暑い日に照りつけられながら、タカン！　と最初の鍬を私たちの土に打ちこんだ。唐鍬でたち割られる萱の根っこは、血がかよっているように赤かった。空の青いこと、青いこと、もう今夜から逃げて歩かなくても、ゆっくり寝られるね、と、私は土を起こしながら、遠くの姉たちに話しかけた。

その日は、三坪ほど起こした。

帰り道、狩野さんが、

「私たち、死ぬのかね？」といった。

「どうして？　そんなことないさ」と、私はいった。

私には、反対のような気がした。

新聞を見て、いろんなことがわかって来た。

ところが、はからずも私たちは、近くの人たちから、かなりの尊敬の目で見られることになって、びっくりした。というのは、あの御放送を聞いて、敗戦を「予言」した市川さんの「おく座敷」の人たちは、学問があるということになったからである。私たちの「予言」を聞いて、すぐ防空壕掘りをやめた市川さんのおがやんは、鼻高だかとして、そのうわさを私たちにつたえてくれた。

私たちは、私たちの手つだいに集って来た狩野さんのいとこのAちゃん、教え子のMさん、それに私たちの四人で、うまずたゆまず、畑に通った。ほんとは、私たちは、戦争が終るより前からそこにいたのに、そのことは忘れて、学校のゆきかえりに、目がねをかけ、勇ましくも異様なかせぎ支度の女たちを目撃する子供たちは、やがて、私たちを「アメリカ部隊！」と呼ぶようになり、一ばん背が高くて、一ばん声の大きい狩野さんには、たちまちのうちに、連合軍最高司令官の名まえがかぶせられた。「山」のごく近くに住む人たちもまた、この女だけの部隊にはおどろかされた。女たちは、朝、丘のかげにはいってゆくと、夕方またそこから出て、「村の銀座」の方へ帰っていった。

そして、その年の冬、「山」には小屋がたち、次の夏は、村一ばんの西瓜が畑にころがっていた。山羊はメン羊に変り、牛も来て、家が建った。四年たったら、私たちは、「山の先生たち」になってしまった。前にも先生だった狩野さんを先生ならわかるけれど、私まで先生呼ばわりするので、はずかしくなり、

「私は先生じゃないんですよ。私は、先生はしたことないんです」というと、

「じゃ、何してござらしったのじゃ？」と笑って取りあわない。彼らの目から見ると、洋服を着たり、目がねをかけたりしている、尊敬すべき女性に最適な職業は、先生きりない。それで、私は先生になった。

まだ釘や板が高かったころ、東京へがんじょうな木箱をつくり、荷物を送って、箱はからでもいいから返してくれとたのんでやると、箱はおふろのたき物に頂戴しましたという返事が来て、がっかりすることが多かった。

「山では、おふろは毎日？」と姉たちが、うらやましそうに聞くので、

「ええ、風がひどくて、山火事のこわいときのほかはね」と答えると、

「そうだろね。力仕事をすれば、疲れるだろうからね」という。

そこで、うそのつけない私は、

「それもそうだけど、おふろをたてないと、こやしができないんでね」と説明する。

ほかの地方のことは知らないけれど、ここらの農家のふろ場は、一間に一間半くらいの小さい建物で、農家の玄関である母家の土間を出て四、五間のところに立っている。つまり、玄関の正面でお座敷から庭全体をながめた場合にも、少し眺望を害するような位置にあるわけで、ふろ場が――こやし製造場であるふろ場が――そんなところにあるのは、私にはおかしい気がしたけれど、これは、火の用心のためかも知れな

い。ふろ焚きは、たいてい子供の役で、また、私の知っているここらのおふろは、殆ど煙突のついていない鉄砲ぶろだから、「鉄砲」から炎がボオッという音をたてて、ふろ場の屋根のこげるまでのぼっているところは、ちょいちょい見る、だから、ががやんたちが、土間でごはんを炊きながら、後をふりむきさえすれば、ふろ場の様子がわかるということなら、ふろ場がそこにある意味は、よくわかるわけである。

ふろ場のすみには、しきりがあって、小便所になっている。小便所には、戸がたっていないのが普通のようである。両方から流れたものがつぼにたまって、野菜物などには欠くことのできない「ふろ水」になる。

はじめて、ある村の農家に泊ったときだった。夕方、庭にたっていると、そこのおがやんが、田から帰って来た猿子ばかまのかせぎ支度のまま、長さ三十センチくらいのたきつけの束に火のついたのを、たいまつのようにかかげながら、お勝手から小走りに出て来た。若いころは、評判の美人で、おどりも上手だというおがやんは、しなやかに庭先のまっ黒い小屋にすべりこんだ。私は、その姿が美しかったので、見とれながら、オリンピックの聖火を思いだした。

二、三秒すると、その黒い小屋は頬ぺたいっぱい頬ばっていた煙を吹きだすように、小さい屋根の下から、プップッ白煙をはきだしはじめた。私は、物おきだと思っていた小屋がふろ場だったとわかってびっくりした。

晩ごはんがすんで、「ふろさ、へえらっしえ！」ということになって、私が一ばん先にはいった。

ひる間、内部をよく見ておかなかったので、私は、着ていたものを手さぐりで、すすでザラザラしている出窓のようなところへおいた。足の下には、くつぬぎほどの石が一つあるばかり。私は石の上に立って、ジャージャー流して、中へはいった。むうと、こやしのにおいがして、さわると、どこもヌルヌルしていた。私は、ジッと何秒か動かずにいてから、すぐ出た。

出たあとは、洗面器に水をくみ、すっかりタオルをゆすぎ出し、からだもふいたが、いったんしみついた臭気は、どこまでもどこまでも私を追いかけて来て、夜、寝床にはいってからも、寝返りをうてば、なまあたたかい、くさい空気がふところからもどって来て、私は寝つかれなかった。

翌朝、えんがわのサオに干しておいたはずのタオルを一生懸命さがしていると、狩野さんが、サオを指さして、

「そら、そこにあるじゃないの」

私は正直に「えッ！」とびっくりして、そこにヒラヒラしていた、見おぼえのないうす墨色のものをとってみた。色とにおいこそ異なれ、寸法も形も私のタオルだった。

私はそれから、二晩三晩、おふろにはいる番になると、ふろ場へいって、ボチャボ

チャかきまわし、少ししてから、「ありがとうございました」といって出て来た。

けれど、夏のさかり、あちこち土地さがしに一日歩きまわったあとで、私が、おふろにはいろうとしないので、しまいには、同宿者たちも少しは気のどくになったらしく、ある日、さりげなく、宿の人に、あまり忙しそうだから、おふろは私たちで替えると申し出た。私たちは、その日はおひるすぎ間もなく、一生懸命、ふろ桶を洗い、深いつるべ井戸から、きれいな水を、ふろ桶いっぱいにはりこんだ。それから、焚きつけにかかったが、私が「鉄砲」というものを相手にしたのは、その時がはじめてだった。燃したり、消したり、そのしまつの悪さに、私は煙のせいばかりでなく、泣かされた。焚き口が煙突をかねているというのは、実に不合理だと私は思った。火かげんを見たいときには、煙突の上から下をのぞかなければならない。のぞいた時に消えていれば、がっかりするけれど、少くともけがはしない。燃えていれば、たちまち、まゆ毛は燃えてなくなってしまう。

やっと何時間かして、おふろがわいたとき、ふろ場は、お掃除しなかった前のようにすすをかぶり、私の顔は、涙とすすでくちゃくちゃだった。

けれど、その日、私が一ばんおどろいたのは、おふろにはいってみたら、私のからだのお湯に沈んだところは、見えなくなるということだった。

おふろのかげんを聞きに来た狩野さんに、私はいった。

「ホラ、むかし、こういう見世物があったじゃないの、胴のない、首だけの人間」

「きっと、『鉄砲』のさびが出るのよ」狩野さんは、たしなめるようにいった。

私は、胴なしの人間になりながら、はじめて明るい光りのなかで、どこからどこまで黒い——隅にひっかけてある家族一同用の手ぬぐいは、おむつのようなものだった——ふろ場をながめ、むりもないと思った。男はみんな出征し、女ふたりで、子供四人育てながら、田畑一町。ふろ掃除なんかしていたら、死んでしまうだろう。

山の近くへ近くへと引っこしながら、まだ部屋ずみのままで山へ通ううち、十二月の声を聞いたとたんに、朝毎に、障子をあけて見ると、うっすら庭が白くうす化粧されているようになった。私たちは、山へ引っこす計画をたてはじめた。だんだん気心のわかって来た近所の人たちは、せめて春になってから、と止めてくれたけれど、私たちは、真剣にこやしの問題を考えなければならないと思った。冬じゅう、ひとの家にいて、ひとのふろにはいり、ひとのこやしをふやしてはいられないのだった。

私たちは、青年団の人たちに、山へ掘っ立て小屋をたててもらい、屋根は篠竹の束で葺いてもらい、まわりは厚く萱でかこってもらった。一方、また、必要品をまとめ、宿の人がとなりから借りて来てくれたソリで引っこしをはじめた。

ソリは大きくて、ほとんど道はばいっぱいあった。そこへ、鍋釜、ふとん、着換え、本などを積んだ。きっちり縄でしばり、身ごしらえもりりしく、ソリを力いっぱいひき出したときは、勇ましい気がした。狩野さんがひき、Mさんと私が押した。雪はキュッキュッとなって、私たちの踏みだす第一歩の足跡が青く見えた。少しゆくうち、私たちは、ポッポッと熱くなり、汗がりんりと流れだした。休んではひき、休んではひき、二時間ほどかかって、山から十分の兵五郎坂という坂の下まで来たときには、汗と疲れで目はくらみ、一歩も動けなくなった。耳はパアパア鳴り、自分のいうことも、パァパァガァガァ、ひびくだけだった。しばらく、死んだようにソリの上にたおれて、モウモウという熱気につつまれながら、息をついてから、ようよう「もう私はだめだ、ファッ」「どうしよね、ファッ」「誰か来てくれればいいなァ、ファッ」というようなことを話し合った。

するると、急に、雪のなかから黒い人間が走り出て来た。その人は、坂の下から右へ折れる道へまがりそうにしたが、私たちを見つけると、すぐやって来て、「動かないんですか？　押しましょう」と東京べんでいった。

若い女の人だった。私たちは、おがみたかった。使いはたしたはずの力がまた湧いて来た。エッサ、エッサ、かけ声をかけ、これっきりというぐらいの力を出して、押したり、ひいたりしていると、雪のなかに吸いついていた大ソリが、ツ、ツツツと動きだした。それッと、また、一気にひき、押した。やっと坂をのぼりつめ、ちょっといったところで、その人は、ここからまがるからと、また雪のなかへ消えた。（その人が誰かということがわかったのは、それから二年たってからだった。）

そこから少しゆくと、またソリは、雪にすいついた。私たちは、そのソリがすっかりいやになり、道端の農家へソリを預け、荷物はしょってゆこうということになった。荷物をおろし、ソリを一ばん近い農家の門口へ引っぱりこもうとすると、なんと、そのソリの重いこと。重いのは、ソリだったのだ。

十二月廿日、それは、八月十五日につぐ私たちの記念日になった。午後三時、山の小屋へ。縁がわにならんだががやん、ばっばやん、子供たちに、まるで遠くへゆくように、さよなら、さよならと手を振る。お嫁さんのT子さんも、荷物ひとつしょって、送って来てくれる。

小屋についてみると、先発の狩野さんが、北側の棚を二段にしベッドを寝るばかりにつくり、ストーヴをボンボン焚いて待っていた。入口のまっ黒い古雨戸の中の土間には、薪がつまれ、けらや農具がおいてある。「お座敷」に上るところには、破れ障子が立っていて、芝居に出て来る乞食小屋そっくりだが、借りて来たランプをつけたら、とてもたのしげになった。

今度は、私たちが、さよなら、さよならといって、T子さんを送り出し、まだムシロも敷いてない床をガタガタいわせながら夕食の準備にかかる。丘にかこまれた静寂

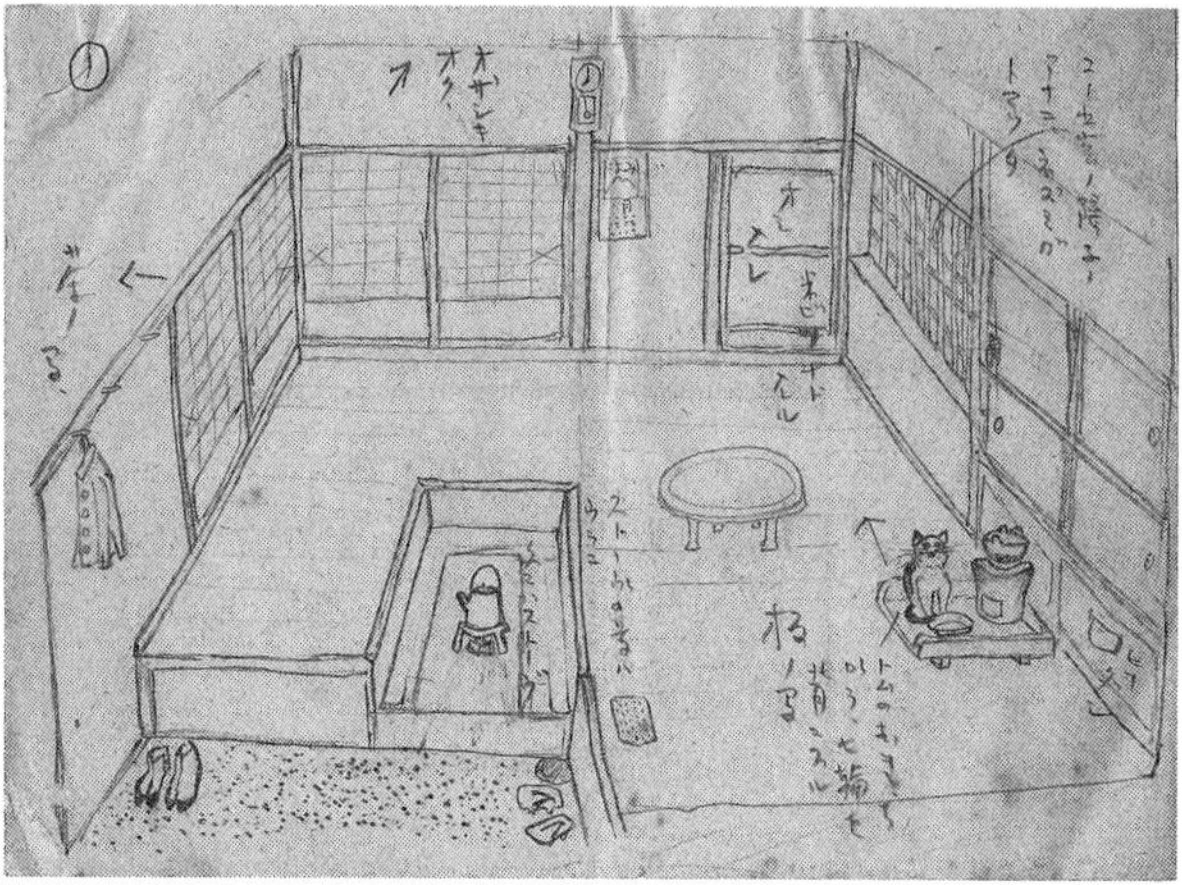

石井桃子直筆、新築の家の見取り図

のなかに、私たち三人だけになった。

その夜は、この世のものとも思われない美しい月夜になった。雪の白、木々の黒い影、三人で小屋の前にじっと立っていると、小さい小さいアトムになって、チリチリと雪のなかに消えてゆきそうな気がした。

ベッドにはいってから、狩野さんが、全身の喜びをはきだすようにいった。

「ああ、もう家賃、はらわないでいいんだ！」

翌日から、こやしの問題の解決にかかった。小屋のすぐわきに、釘樽を埋め、小屋がけをする。それができあがったとき、私は、小屋の入口に立って、なかで何かしていた狩野さんに、戦前の食堂車のボーイさんの口ぶりで知らせてやろうとしたが、うれしいのとおかしいので笑ってしまい、どうしてもしまいまでいえなかった。

「みなさん……みなさん……みなさん……お……お便所……お便所の御用意が……」

ふたりは、ふしぎそうに「どうしたの？」といって出て来た。

私は、このごろ、東京に出る度に、気持を暗くして、山へ帰る。私は、たいてい、いくつかの新しいことばをおぼえて帰って、狩野さんに報告する。

去年の春は、

「このごろ、東京では、『金づまり』ってことばをみんなが使ってるの」と報告した。

その次には、

「『浮き貸し』ってことば、聞いたことあった？」

つい最近は、

「『こげつき』だってさ！」

私は、山へたずねて来る近所の人たちに、いやな話ばかりで気の毒だと思いながら、東京で見て来たこと、聞いて来たことを話す。

「へえ、東京はそんなに不景気かねえ！」

私は、この人たちは、今年どうしてくらすんだろうかなと思いながら、そういう人たちの顔を見ずにいられない。その人たちのふところに、お金があるはずはなかった。ただ、貧乏は、先祖代々からの知己なのだ。私は、東京で、極度にからだを使わず、たばこを吸って、理くつをいってる人たちがにくらしくなる。ラジオで、日本語の話に「マザーズ・ライブラリー」とか、「バーズ・デイ」などといっている人がにくらしくなる。朝、四時に起きて、トラホームで「メチャクチャなマナク」をシバシバさせながら、ごはんをたきつけ、草刈りに出る嫁さんたちが、気のどくでたまらなくなる。私は、私たちが、ふみ台にしているこの人たちの世のなかを、明るくするような人を選挙しようと思って、一生懸命、候補者名簿を勉強する。

山住みのはじめのころの話が多くなってしまった。つまり私たちが山に住みつき、百姓生活がめずらしくもなんともなくなった証拠だ。畑五段、田二段。朝から晩までかけまわり、去年はふたりとも腰をぬかして、田は人に貸した。今度は、東京が私にはめずらしくて仕方がない。

「ノンちゃん牧場」中間報告

東京にいる私の友人は、私が「山」と言っている宮城県鶯沢《うぐいすざわ》町へ出かけていっては、何をしているのか想像しにくいらしく、「ほんとに牧場あるの?」と聞いたりする。「そりゃ、ありますよ。」と、私は返事にこまって、あっさり答えるのだが、かれらが、その時はたして、どんな牧場を頭にえがくのか、心もとない気のすることもある。

牧場にもいろいろあって、町なかで牛ふんのにおいをぷんぷんさせながら、木柵のなかで十頭ほどの牛を飼い、「何々牧場」として牛乳を売りだしているのもあれば、見渡すかぎりの牧草畑に牛が、三々五々、散歩しているというようなのもある。「牧場あるの?」と友だちが聞く時、その人の頭には、この小岩井型牧場がうかんでいるのではあるまいかと、私は心配してしまう。

はたして、かれらは、「牛は何頭?」と聞いて、私が、「三頭。」と答えると、はっきり、がっかりした顔を見せる。

私もなるたけ、牛の数を多く言って、友だちを喜ばせたいとは思うのだけれど、牛一頭飼うということは、容易でないことなのだ。一頭が、どうしても十万円はする上に、それを養うのに、三段歩《たんぶ》ほどの牧草畑がいる。それに畜舎、管理、その他その他である。

私たちも多い時は、六頭までふやしてみた。が、その世話やたべさせる物に追われ、とうとう、大食いのやつから売りはじめ、別れにくい子飼いの牛とも別れて、性能のいい北海道産二頭に切りかえた。それがふえて、いま、やっと三頭になったところである。

東をのぞいて三方に丘をしょった、私たちの細長い盆地の中は、三町歩ほど。その中を東西に三つの沢が走っていて、沢のあいだのスロープのあちこちに牧草地が九段歩ほどある。それと野菜畑に果樹園が少々。家屋が二つ。

小さい映画館みたいに見える、りっぱな方が牛小屋であるため、よくまちがえて、「ごめんください。」と牛のところへはいっていく訪問客がいる。

これが、近所の人たちの言う「ノンちゃん牧場」が、開墾しはじめて十二年で、どうやら、やっとたどりついた結果である。

けれど、ふしぎなことに、私が東京で「山」を考える時、私の頭には、この丘のあいだの一軒家よりも、いまではいくつかの村や町にまたがっている鶯沢酪農組合という全体のしくみが浮かんでくることの方が多い。

　もともと、この組合は、私たちが音頭とりではじめたことだし、いま、私たちの神経はそれに集中されているので、それも当然のことかもしれないが。

　まず、こんなことになった、そもそものはじまりは、私の夢物語だったのだから、自分ながら、おどろかざるを得ない。

　終戦の前の年、私は、偶然の機会から、いまの酪農組合専務、T・Kさんに会った。その時、Kさんは、秋田県本荘の女学校の先生で、生徒をつれて川崎の真空管工場に働きに来ていた。ある日、私は、その工場へ見学にいった。そして、子どもたちと一体になっているKさんの姿に心うたれた。たまたま、私はそのころ、自分の生き方に迷っていたので、Kさんに誘われるまま、工場の寮にとびとびに泊まらせてもらうことにした。そして、泊まる夜は、寮で子どもたちに国語などを教え、ひるは、Kさんと机をならべて真空管つくりというような日々がはじまった。

　それまで、年下の者だけに取りかこまれてすごしていたKさんは、同年配の話相手を得て、たいへん喜び、たちまち、私たちはそのころ、だれもが持っていた胸のなかのモヤモヤについて、毎日話しあうようになった。

　そんな話のなかで、私は、自分が数年来もっていた夢をKさんに語ったのである。

　私は、みょうなところが臆病で、お土産をもって農家へ物を買いにいくようなことが、とうていできないたちだった。それで、私の頭にたえずチラつくのは、小さい土地があり、愛すべき小農場だった。体を動かすことは、私は、いとわなかった。だから、自分のたべる物のほか、売る物が少しつくれたら……そして、夜は、自分の勉強にあてたいというのである。真空管つくりをやりながら、私は夢中でKさんにそんな話をし、経木《きょうぎ》帽子をかぶって、畑の中を行ったり来たりする自分の姿が見えるような気さえした。

すると、おどろいたことに、「よっしゃ、それを一しょにやりましょ。」と、Kさんはいうのである。戦争末期、どうも人々は、少し気がおかしくなっていたらしい。

翌年の春の学年末になると、Kさんは、東京につれてきていた子どもたちの生命が危いというので、会社の反対をおしきって、生徒といっしょに秋田へ帰った。帰るとすぐ、勤労動員中の功労を買われて、県庁の役人にばってきされたが、その職も、七月になげうった。彼女の郷里、宮城県岩ガ崎付近に、私たちの農場となるべき土地が見つかりそうな見当がついたからである。

いろいろ、土地を見歩いた末、Kさんの友人で、山をたくさん持っている人から、ある広さの山地を提供してもらうことになり、いよいよ、私たちが最初のひと鍬を土におろしたのが、一九四五（昭和二十）年八月十五日だった。といっても、べつに敗戦に奮起してというわけではなく、その日は、Kさんの母上の命日で、私たちは、私たちの新しい仕事をこの日にはじめたいと、前から考えていたからである。

あの歴史的な八月十五日の朝、私たちは、借り物の唐鍬《とうぐわ》一丁に鋸《のこぎり》一丁をさげて、鶯沢村へ出かけた。（無謀なことに、私たちは農具一つもなしの手ぶらだった）、軽便で岩ガ崎町から鶯沢村へ出かけた。おひるにあるという「ありがたい御放送」を聞いて、山へはいるつもりだった。村での下宿先ときめた鈴木さんという、大きな農家の縁がわで正午を待つ間、Kさんは、時間をむだにすまいと、ギーコギーコ、鋸の目をたてた。

御放送が終った。正午前と午後で、日本の運命が、がらっとかわっていた。私たちは、しばらく呆然として、自分たちにもわけのわからない涙をうかべていたが、ふしぎに、それからしようとしていることについては、ちっとも気もちがかわらなかった。私たちは、唐鍬と鋸をさげて、山道をのぼった。二十本の木を切りたおし、三坪ほどの土をおこした。力いっぱい、鋸をひいている上で、空がまっ青だった。美しいものは、ちっとも失われていない、と思った。

それからの一年間くらいほど、苦しくもたのしかった年はない。

毎朝、鈴木さんの奥座敷から、お弁当を腰に三十分の道を、山の畑へ通った。住む家もないのに、山羊を買いこんだから、山羊も一しょに、山へ御出勤だった。

手あたりしだいなもので身をかためた、この女たちの行列（時どき、Kさんの前の教え子が助だちにきた）は、村の人たちには、異様に見えたとみえ、彼らは、いろいろ、うわさをし、やがて、「御亭様《ごてさま》が戦地から帰ってくるのを待っている連中だ。」ということにしたらしい。ところが、御亭様は、一向あらわれないで、いつまでたっても女ばかりだった。そこで、人びとは、私たちを、「マッカーサー部隊」と呼びはじめた。終戦と同時にあらわれて、古い軍ぐつなどをはいて勇ましく歩いていくというのである。いまでも、その名はのこっていて、村の人たちは、かげでKさんをマッカーサーと呼ぶらしく、小さい子どもなど、それがあだ名だと知らないで、「マッカ先生、さよなら！」と言うことがある。

そのうち、冬になった。冬の間も仕事（南瓜の穴掘り）をつづけたいので、青年団の人たちに、掘ったて小屋をたててもらい、いよいよ名実ともに山入りをしたのは、十二月の二十日。

その前後、数日、じつに見事な雪降りで、仕事には困難だったが、すべての雑念、汚れを下へ下へとおし沈めるように、空間を埋めつくして雪はおちてきた。私たちは、その雪にくるまって、荷物をしょって、いったり来たりした。二十日の夕方、私は最後の荷物をしょいだして、山にはいった。四カ月おせわになった鈴木さんの一家の人たちが、縁にならんで見送ってくれた。

山小屋についてみると、先発のKさんが、ストーヴを燃やして待っていた。小屋は、三間に二間の広さ。入口の二坪が土間で、ここが台所兼物置。おくの四坪に床をはり、むしろを敷いて、これがお座敷。お座敷の北がわは、二段ベッドになっていた。土間からお座敷に上るところには、曲りなりにも、よそからもらってきたまっ黒にすすけたシキイと破れ障子がついていて、このシキイは、薪切り台にもなった。

最初の夜、この雪に埋もれたせまいわが家を、借り物のランプで照らしだした時の感激といったらなかった。

やがて、夜になり、月が出ると、外はこの世のものと見えないけしきになった。小屋の下のなだらかな傾斜は、白く光り輝き、まわりの木々の影は、まっ黒に静まりかえっている。

「わア、すごい。みんな、見に出てこいよ！」と、手伝いに来た若い衆の二、三人は、外に出る度に中の者をよびだした。

その後の一年の山の出入りは、かなりなものだった。それまで親類に預けられていたKさんのひとり娘、サァちゃんも母さんのところへもどって来、村の小学校にはいった。Kさんの教え子、Mさんが、本式に仲間入りした。それに、私の姉の息子が一人、預ってくれとやってきた。七月には、小屋のわきに、新屋ができて、そこへ引っこした。そして、二度目の八月十五日がめぐってきた時は、私たちの畑は、二段半、植えつけた田は二段、馬鈴薯《ばれいしょ》は二百貫の収穫。山羊は二匹になっていた。

とにかく、最初の二、三年は、無我夢中で、どうやってこの人数が、たべてこられたのか、いま考えても、わからない。ただ朝から晩まで動き通し、何でもやった。自分たちが、やったから、べつのことのように思えるが、実質的には、おわい屋、馬車ひき、それに仕たて屋、先生。山にグミがなると、サァちゃんは、それを人通りのあるところへ持っていき、麦にかえてきた。私も、南瓜を売りにいったりした。近くの鉱山の社宅にいくと、あまり家並が似ているので、ついおなじ家へ二度いってしまう。出てくるおくさんが、ついさっき出てきたおくさんとおなじ顔なので、「失礼しました。」とひき返したりした。

そんなことをしている間に、私たちを手伝いに集る若い人たちは、潮が差し引きするように、多くなったり、少なくなったりしたが、中心の私たちだけは、動かなかった。丘のあいだの盆地のようすが、見るたびに、見ちがえるほどりっぱになると、近くの人たちがほめてくれるのが、うれしくてたまらなかった。それにしても、不安なのは、いくら働いても工夫しても、借金がましてくることだった。

いまの日本では、農業をして、「人なみ」にたべていこうとするのは、むりなのだなと考えついたのは、うかつにも三年めくらいからだったろうか。

毎夜、私たちは、いかにして、わが家の生計をたて直すかについて、話しあった。話のたどりつくところは、「牛」だった。もっとも、ずっと前から、県の貸しつけ牛(和牛)は手に入れていた。しかし、今度、考えついたのは、乳をだす牛だった。開墾者組合や農事研究会に出て、デンマーク農業の話を聞いてきたあとなど、Kさんは、乳牛について火のように熱してしまう。私もとうとう、乳牛以外に手はなしと考えはじめた。

私たちは、早速、和牛と馬車を売りにだした。それから、私は先日亡くなった吉田甲子《きね》太郎さんにたのんで、「ノンちゃん」の印税をかたに光文社の神吉《かんき》さんからお金を借りてもらった。そうしてできたお金、七万円を腰にくくりつけて、ある朝、Kさんは、たいしたあてもない牛さがしの旅に出かけた。その年、Kさんは、田植えの時に、ふくらはぎをヒルにくわれ、そのあとが傷になって、穴が十四あいた。その穴の上をゲートルでかためて、軍ぐつをならして、「じゃ、いってくるよ。」と出かけていくその後姿を、私は不安な気持ちで、見おくった。

あとで聞いた話だけれど、その日の旅のもようは、つぎのようなものだった。

Kさんは、牛にはくわしい鶯沢小学校のN先生から、金成村のOさんというバクロウのところへいったら、何か知らせてくれるかも知れないと教えられていた。そこで沢辺というところまで軽便に乗り、そこから先のいなか道を歩いていくと、子どもたちが頬かぶりしているKさんを見て、「男か、女子《おなご》か」と言いあっている。「女子だよ。」と答えて、Kさんは、なおも道をいそいだという。

そして、桶屋を正業としていたOさんをたずねあて、いろいろ話しかけたが、Oさんは、そっけなくして、一向話にのってこない。それでも、ねばっていると、Oさんはとうとう、「女相手の取引きはごめんだ。」と言いだした。女相手に商売して、あとで文句の出ないためしがないからだそうだ。

そこで、Kさんは、「あたしを男と思って話してけらしぇ。」と言った。

それで気がおれたのか、Oさんは、急にやさしくなって、沢辺村のこれこれの家に、乳牛がいるが、売るかどうかはわからない、いってみたらどうかと言ってくれた。

それでまた、さっき来た道を、となり村まで、てくてくひきもどすと、それらしい家があって、土手に白い牛がつないであった。いい牛かわるい牛か、そのころはまだ素人でわからなかったが、とにかく、山のように大きくて、見ていて、よだれのたれる思いだった。Kさんが遠くに立って、いつまでも眺めていると、家から人が出てきて、「この牛、売るのでがえんぞ!」とどなって、またひっこんだ。

その時は、もう夕方近かったが、Kさんは、まだ立ち去りかねて立っていた。すると、今度は、家から若い人が出てきて、やりますに腰かけて、乳をしぼりだした。一升五合ばかり出たように思えた。しぼり終えても、まだ立っていると、やがて見るに見かねたように、「はいってこい。」と声がかかった。

Kさんは喜んで、早速入っていって、お茶をいただきながら、自分たちがいかに乳牛をほしがっているかということを熱をこめてしゃべった。そのうち、そこのお父さんが、息子をよんで、二人は一しょに出ていった。それから、もどってくると、「あいつ売りましょう！　どうぞ、あの牛かわいがってけらしえ。」と言った。

ちょうど、その家では、よく日から、お母さんが病気で入院するところで、お金が入用だったのだそうである。

「あなた、金もってすか？」相手は聞いた。

「もってす！」と、Kさんは、腰のふろしき包みをたたいてみせた。

牛は、ちょうど七万円だった。

中二日おいて、それから四日めの夕方、エルシーは――私は、その牛に、アメリカの雑誌で読んだ、「雑種ではあるが、善良な」牛の名をつけた――地ひびきをたてながら、山道をのぼって来て、わが家の前に、その白い小山のような姿をあらわした。

それから、「雑種ではあるが、善良な」このエルシーは、じつによく働いてくれた。子どもは、ほとんどメスだったし、私たちのところへ来て、二度めのお産の時はじつに一日一斗四升という、雑種とも思えない乳をだしてくれた。

しかし、ふしぎなものである。エルシーが働いてくれても、わが家の問題は、まだ解決しない。やってみればみるほど、百姓はたべられないことがはっきりしてくるようだった。日本の政府は、酪農は奨励しても、牛にたべさせる飼料をやすくはしてくれなかった。牧草畑に入れる肥料も高かった。そして、今年、酪農を奨励したかと思えば、もう来年は、それに見向きもしない。借金をして牛を飼った農家は、それを持っていられないで、売りに出す始末であった。

ともかく、私は、私たちの借金整理に、東京に出て働くことにした。東京に出てからも、山からの悲報はつづいた。

曰く「牛乳を個人売りしていたら、保健所につかまった。」

曰く「牛乳屋に出すことにしたら、勘定をはらってくれない。」

そして、私たちは、農家同士手をつなぐという、ゆきつくところへ、ゆきついたようである。

それからの私は、東京にいることが多く、鶯沢酪農組合をつくった村の人たちや、Kさんの苦労については、あまり語ることができない。謙遜して語らないのではなく、一人歩きもたいへんだが、共同作業もむずかしい農村の事業の困難さを、語れるくらい、十分に見ていないと思うからである。

それでもとにかく、あのころ、この近在で十頭内外だった牛は、いま二百頭近くになっている。私たちは、私たちの工場をもっている。経営も黒字になってきた。東京で、机にだけ向っていることは、何か空しい気がして、私は時どき、「山」に帰って来ては、村の子どもたちと話して、ほっとする。

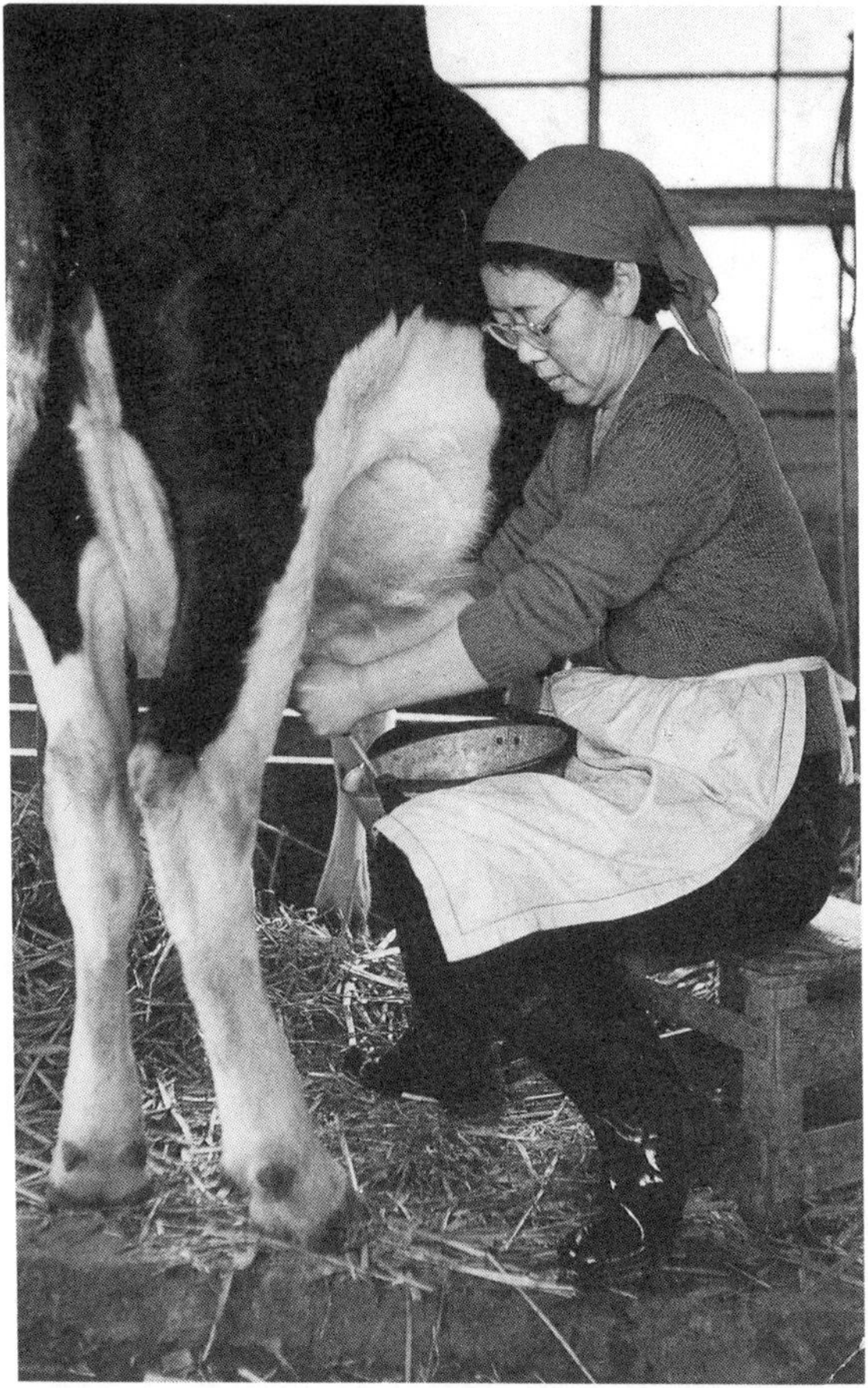

乳しぼり

みちのくにある私の牧場別荘

先日、ある知人（男性）と話していた時私は、「男の人が一ぱい飲み屋にはいっていくかっこうを見ると、気のどくで仕方がない」というようなことをいった。

この気のどくには、説明をつける必要がある。私は、酔っぱらいはきらいだけれどひとが酒をこのむことについては、何の文句もいうつもりはない。だから、この気のどくということばも、あわれ、酒をのまずにいられない男性よというつもりでは、ちっともなかった。ただ背をかがめ、何かひそやかな救いをもとめるように、あののれんをくぐっていくかっこう、また、一ぱいやれば、うってかわって、大きえんをあげ、まくしたてるようす、その人の意識のうしろにあるであろういやらしい上役やヒステリーぎみの細君、そういうものすべてをこめて、私には、やはりその人たちが気のどくに思えるのである。何とか、お酒というものを、もう少しこもらず、うしろめたくなく、あたりまえにのめないものかなという気がし、そういう世の中ならいいのに、と思うのである。

私は、そういう気もちで、「気のどく」といったのだけれど、私の話の相手は、一ぱい飲み屋の常連だった。だから、たちまち誤解したらしく——というのは、私は一般のことをいったのだけれど、その人は、自分のことと取ったらしく、「どうせ、そうでしょうよ。」というような返事をしたので、私たちは一しょに笑ってしまった。

私たちは、その時、世間話をしていたので、それはそれですぎ、私がいまも、時どき、東北の山の家へゆくことに話題はうつっていった。

すると、その人は、私にしっぺがえしにするチャンスをねらっていたように、「だれでも弱点はあるものだな。」といった。そこで、私たちは、また笑いあって、ことはそれですんでしまったのである。

私が、この「弱点」ということばを思いだし、そして、それを何度も反スウして心にくり返したのは、それからひと月たって私が「山」で、ねたり起きたりしていた時だった。

私が「山」とよんでいるところは、山でもなんでもない。標高八十メートルほどの丘のひとつなのだが、東北のある村の片すみの、家もまばらなところにあり、また歩いて七、八分の距離にはほかの家が一けんもなく、また、私たちの家からは、よその家は一けんも見えないので、その家にいるかぎり、山のなかの一けん家のような感じなのである。そこで、ほんとにいつのまにか、私たちは、その家を山とよんでいた。

東京、荻窪の私の家から、「山」までは汽車、電車あわせて大体十二時間、特急でゆけば十時間。東北本線、常磐線で充分にゆられ、いぶされたあげく、最後に、田んぼのなかの停留場で会社線の電車をおり、田んぼをぬけ、川をわたり、山道をのぼってゆく――この間、十五分――と、私たちの家につくのだが、その十時間乃至十二時間は、けっしてふつう東京で経験する十時間や十二時間ではない。私は、その間に五十年か、何百年か、歴史を逆行するのである。つまりいまからむかしにかえっていくのである。

頭の回転がのろく、いまのような東京に生活していると、身心ともに疲れはてる私は、私が「世界一の山道」とよんでいる最後の山道をぬけて、目の前に、小さな盆地のひらけるのを見、そこに二棟の家屋と広げた畑があり、ほかに何にもないことをたしかめると、ほんとにやれやれやれやれ！　と思う。そして、そこについたのが、夜ならば「ああ、極楽極楽」といって床につき、朝ならば「ちょっと二、三時間休むからね」といって床にころがりこむ。

ところが、ここ何年か、私は、その翌日の朝、または二、三時間の昼ねのあと、ぶじにおきあがったためしがない。ひと寝して目がさめてとたんに、私は昏迷の世界におちいっている自分に気がつく。からだはふしぶしが痛み、頭は荒唐ムケイの世界をかけめぐっている。たとえば、手洗いに立とうとするにも「よっこらしょっと！　あいたたた……」といわなければならないし、障子をあけようとすると、その障子はたてつけがわるく、頑強にあけられることをこばむ。そこで、私は、思わず「あかずの間だね。」などとひとり口走る。

やっと障子があいて、廊下にたつと、外では、その家の住人が、陽光をあびて、牛か馬のように——けっして機械のようにでなく——黙々として働いている。朝五時まえから夜までつづくその労働。手をあげたり、さげたり、からだをたてたり、まげたり、つまり、何百年か前、いや、千年まえともあまりちがわないかもしれない運動が、そこではくり返されている。私はむかしにもどったのである。

私は、もう一度、床にもどるが、もう頭のなかは、めっちゃくちゃになってくる。なぜなら、いまどき人間が、朝から晩まで素朴な道具を使って、手をあげたりさげたり、からだをのばしたり、まげたりしているということは、ただそれだけにおわらないからである。それは収入を極度に低めることにもなれば、頭の働きさえもかえる。一年前から具合のわるい障子のたてつけをなおすことを考えつかないのも、みんなそこからくるのだ。こうして生活万端がかわってくる。

電話一本で遠くの人と話ができ、机の上で字を書いていると、それが本に変わって小切手が送られてくる。街には、自動車がとびかい、一日にいく人かひき殺されているという東京の生活と何というちがい。私は調節がとれなくなって床のなかで、うつらうつら、さめては眠り、眠ってはさめて、うなされるような二、三日をすごす。

　こうして二、三日がすぎると、もう起きられないのではないかと思ったからだ――この感じは、けっしてウソではない――がだんだん軽くなり、私は、そろそろ外に出て、白菜のうるぬきを手つだったりする気になりだす。そうなってからなのだ、畑や山や、木の葉や花が、ほんとににおいや色をもって、私に迫ってくるのは。「うわーッ、アミコモタシ（キノコの名）が出たね！」などといって、私は笑いだす。

いま、山には、戦後、そこを畑に切りひらく時の私の相棒であったKさんと、Kさんの養子夫婦とその赤んぼうと、牛四頭にネコ一ぴきが住んでいる。若い夫婦は、私がすでに一年のうち大部分を山からはなれて、お客さまのように時どきもどってゆくようになってから、家にはいってきたので、私自身も、クワをもって、からだをまげたり、のばしたりしていた時のことを知らない。だから、Kさんと私が、あのころはこうだったね、ああだったねというと、半分はほらだったと思ってきいているらしい。

　しかし私たちの話は、ほんとうなのだ。いつか自分自身にもはっきりさせようと思って、そのころつけておいたメモを出してみて、びっくりした。山にはいったころ、私たちの朝から晩まで働いたこと、働いたこと。おかゆ腹をかかえて、よくもああ動きまわれたと思うほど、働いている。

そこに居をさだめて二年めの夏には、畑二段半、田二段、馬鈴薯《ばれいしょ》収穫二百貫などと書いてある。もっともいま思いだすと、私たちの頭には、いつもKさんと私二人だけで働いていたようなイメージがわくのだがメモによると、かなりの人間が出たりはいったりしている。前職が女学校の先生であるKさんの教え子たち、また、私の甥姪たちがかなり長い期間、とまりこみでやってきている。それは、もちろん、手つだいのいみでもあったが、食糧難のそのころは土を耕して、そこから自分たちのたべ物をつくるという仕事に大きな価値があったからだ。

みんな骨身おしまず動きまわり、よく笑い、夢中で日をすごした。「バンサン会、おはぎ、トマトのサラダ、西瓜」などというメモもある。これが、みんな自分たちで実らせたものである場合、そのような御馳走は美しいし、また、味がよいのは、気のせいばかりでない。熟れるまで待って、収穫したトマトや西瓜のおいしさは、たべた人でないとわからないし、また、私も、自分で経験してみてはじめて知ったものだった。

最初の年に実らせた稲の美事さを忘れることができない。毎日、田を見まわって、穂が出た！　となったら、私たちはすぐさま米つぶを数えて、よその家の穂と比較したものである。それは、負けん気というよりも、私たちが、農業の「虎ノ巻」を片手に忠実に規則を守って植えた苗に、人なみの米がなったという奇蹟を、よその稲とくらべて確認したかったのである。ところが結果は、どうだろう、どこの家の稲を数えても、どろどろの沢を平らにしてつくった私たちの田の稲にかなうものはなかった。また、私たちも、あの年の稲に匹敵するものを、それ以来つくったことがない。

また、秋の田園の色とにおいも、私を有頂天にした。その色や、においは日々にかわる。林のなかもそうだが、畑や田んぼでもそうだった。小高い丘から下をながめると、豆の畑や白菜畑のだんだら模様の上に「銀座通り」のように人が出はじめて、豆畑は、たちまちのうちに黄から茶褐色にかわり、それから二、三日すると、紫色にさえに見える土のはだが、あらわになり、またいく日かすると、うっすらとうすみどりの麦の芽が地をおおう。

林をぬけながら、つーんと、しめっぽい神秘的なにおいがしてくると、人は、泥棒まなこをして、キョロキョロして歩かなければならない。キノコがどこかに出ているからである。いつかは、二畳じきくらいのところに、アミコモタシという駄キノコがいっぱいあるのを見つけて、とったのはよかったが、むしろに二枚分もあって、たべきれないし、とっておけるキノコではないし、近所じゅうに分け、また近くの町の八百屋まで売りにゆかなければならないので私たちはいそがしくあちこちへ走ったことであった。

干柿づくり

またある時、近所のおやじさんが、どこかへゆくので、私たちの家のわきを通りぬけ、私たちが豆ひき（実った大豆の茎を、地面からひっこぬくこと）をしているのを見て、のこのこ畑まで、のぞきにやってきた。さぞあわれな豆だろうと思ってきたのだろうが、あにはからんや、私たちの豆はしっかと土に根をはった木のようになっていて、枝々にはびっしり豆がつき、私たちは、それを地面からひきぬくのに、うんうんいっていたのである。おやじさんは、すっかりびっくりして、その大豆を一本もらいたいといった。家へもってかえって、むすこどもに、これ見ろ、豆はこうつくるものだぞと、怒ってやるのだということだった。

しかし、それもこれも、食糧難のつづくあいだのできごとだった。都会では、月給をとって、その月給で食糧がわりにらくに手にはいるようになると、私たちの身近の人数は、だんだんにへっていった。そしてKさんと私は、百姓という仕事は、なかなかたべていかれない仕事だと気がついた。けれども、そうはっきり気がつくまえに、私たちの畑のようすも、大分かわりつつあった。私たちは、馬鈴薯や豆をつくるかわりに、牛を飼いはじめていた。つまり自分たちのたべるものより、売るものをつくりはじめていたわけである。

牛を飼ってみると、出る牛乳を、てんでんばらばらに牛乳屋に売って、払ってくれない乳代を、てんでんばらばらに催促しにゆくより、村の人たちで、組合をつくり、自分たちで牛乳を、売ろうということになった。それには資金がいる。私は東京に出てお金をかせいできた方がいいだろうということになった。こうしてKさんの組合つくりと、私の出かせぎの分業がはじまった。ところが、この分業は、たがいに一生けんめいになればなるほど、末ひろがりにたがいの間の距離がます。Kさんは、たまに東京に出てくると、組合の仕事の疲れでぐうぐう寝通すし、私は山へかえると、二、三日は能率と非能率の生活の切りかえができずに昏迷状態におちいる。

二、三日たってやっと人心地がつくと、まわりの色を見、においをかぐことができるようになって、出歩きはじめる。いくら能率時代になっても、一年の四季にはかわりない。秋のはじめ、夜あけにもぎってきて、大釜でゆでるトウモロコシは、昔にかわらずおいしくて、私は十本たべても、おなかをこわさない。牛のたいひのおかげでこの春は、イチゴがタマゴ大のができたが、それでつくったジャムは、どこの店の製品よりおいしい。「来年はうんとつくって東京の知りあいのあいだに売りだそうよ！」と、私は、朝食のパンにジャムをつけながら夢中になってしゃべりだす。

ナシやリンゴは、ふくろのなかで日に日に大きくなってゆく。「どうもこのナシの葉っぱのようすがよくないな」など考えながら、畑をまわっていると、十年むかしに私を堪能させてくれた大満足感が、徐々に私をつつみはじめるのを感じる。けれども

「どっちがほんとうなんだ、どっちがいいのだ、時計とかけっこをして生きる東京での私と、一本一本、牛用のカブのうるぬきをする私とは！」という問が、山にいるあいだじゅう私の後頭部へんにひかえていて私をおびやかす。

「そのどっちもほんとうなんだ。私はこの二つを一つにしなくてはならないのだ。」と、ひる間、あかるい日のさす時は考え、夜、くらくなると、「弱点、弱点……」という友人の声をきく。こうした私のあがきは、私の一生が、この先、だんだんみじかくなるということなのだろうが、私は、こりずに疲れたからだをひっさげては、山の家にかえってゆく。

村で育つ子

み子ちゃん

み子ちゃんのお父さんは、このあいだ、死んだ。あとに残されたのは、中学二年の男の子をかしらに、五人の子どもを抱えたお母さん、それに年とったおじいさんとおばあさん。

この家族を、このあいだまで、お父さんの鉱山づとめ一つで支えてきた。そのお父さんが死んでしまったのだ。

途方にくれたおじいさんたちは、大きな農家の作男にいっていた、じぶんたちの末息子、つまり、み子ちゃんの若いおじさんをよびもどして、鉱山のトラックの荷上げに仕役させた。それからみ子ちゃんのお母さんが、日雇いに出て、働く。これが、かれらのたてた生活手段だった。

み子ちゃんは、小学五年で、長女である。だから、おとなたちのようすを見て、じっとしていられない。少しばかりの畑からとれる野菜を、朝早く、お母さんが、町の八百屋にしょって出ようとするのを、たまには、むりにとって、じぶんで出かける。

はじめての朝、八百屋さんは、お母さんがしょっていくと、一束八円に買ってくれるネギを、み子ちゃんがしょっていったので一束四円だといった。そして、そのかわりにかどうか、アメダマを少し紙に包んでくれた。

「いくら、もらってきた?」み子ちゃんが町から帰ると、お母さんはすぐ聞いた。み子ちゃんがお金をだすと、お母さんの顔は、暗くなったが、何も言わない。み子ちゃんは、もらってきたアメダマを、だれもいないところで、お母さんの手ににぎらした。

「母ちゃん、なめろ。」

「おまえ、なめろ。」と、お母さんは、びっくりして言った。

「おれ、ちっともなめたくないんだ。だから、母ちゃん、なめてけらしえ。」

お母さんが、そのアメダマを、だれにもやらずに、ふところへ入れたのを見て、み子ちゃんは、まず、ほっとしたらしい。

み子ちゃんのお母さんは、私が、友だちと一しょにやっている山の牧場へ、よく手つだいにくる。だから、み子ちゃんも、学校が終わると、ときどき、五つの妹を守しながら、お母さんの働いているのを、のぞきにくる。五つの妹は、お父さんの死んだことも知らぬげに、無邪気なものだ。たとえば、私の友だちに、こんな質問をする。

「なぜ、マッカサー、おぼこなさねえのしゃ、(赤んぼ、うまないの?)」

マッカサーというのは、私の友だちのあだ名である。戦後、村へやって来て、威勢よく仕事をはじめたというので、村人たちはかげでこう呼んでいる。（ただし、このマッカサーは、女で独身だが。）

み子ちゃんは、ふたり分も真赤になって、妹を叱りつける。

「なんだべ、この子は！　おしょしいこと！　（はずかしいこと！）」

けれども、五つの女の子のふしぎは、とけない。どこの家でも、おとなの女は、つぎつぎに「おぼこ」をうんでいるのに、なぜ、この「マッカサー」だけ、うまないのか。だから、きょとんとして、返事を待っている。み子ちゃんは、いそいで、妹をおいて、山を降りていく。

義徳さん

先日、荻窪の私の家へ、見おぼえのある若者がたずねて来たので、よく見たら、山で隣りのYさんの末息子、義徳さんだったので、びっくりした。板の間で、玄関とも言えない私の家の入口で、三つ指をつくようにして、おぎょうぎがいい。五年前、私が東京へ出てくるときは、まだ子どもで、学校のいきがけに、よく家の牛乳配達を手つだってくれたのに、すっかりいい若い衆になっている。何をしているの、と聞いたら、東京の下町で床屋さんをしているおじさんの家で、床屋の修業をしているという。

これを聞いて、そうそう、私も、戦後まもなく、部落の神社、お駒様の境内の涼しい木かげに縁台を出し、日をきめて開業する、そのおじさんに頭をやってもらったことがあったっけと思いだした。そのおじさんは、戦前、東京で床屋さんを長くしていたのだが、そのころは、疎開したまま、郷里である、その村にとどまっていた。師匠だった人が死んだあと、その未亡人と結婚したとかで、私がはじめ母親とまちがえたくらいのおかみさんがあり、そのおかみさんの孫くらいに見える、四つか五つの女の子があった。何年か、その東北の村に暮らしたというのに、そのおかみさんの、ちっともわからない、東北の人には、おそらくこっけいに聞こえるのではないかと思われる、やわらかい東京の下町ことばを聞いて、私は、とても気のどくな気もちになったり、望郷の念にかられたりしたものだった。

そのおじさんが、東京にもどり、また床屋さんをはじめ、八人きょうだいの末息子の義徳さんを呼びよせたというわけだった。義徳さんのやわらかい応待ぶりや、すっかり下町ふうになったことばつきを見ききながら、これは、かなりきびしい訓練をうけているな、と、私は思った。けれども、義徳さんは、満足そうにして、いまごろ、田のなかを這いずりまわっている兄さんたちのところへ帰っていく気は、毛頭なさそうに見えた。

「だれか、あなたの友だち、東京に出て来ている?」と聞いたら、「利道さんが出てきています。」ということで、私はびっくりした。利道さんは、義徳さんのすぐとなりの家の次男坊で、年も義徳さんとおなじくらい。少しはにかみやらしく、よそ者の私の家などは、あまり遊びにこなかった。よくその家のそばを通りかかると、ひとりで、温床をつくっていたりするのを見て、感心に、と思ったことがあった。その後、お母さんが亡くなり、若い兄さんが、家をしょってたつことになったが、その兄さんを口説きおとして、仙台に苦学に出たと聞いていた。

東京に出て来て、いま、何をしているのかと、義徳さんに聞いたら、「アルバイト」に新聞配達をして、夜学にいっているという。「新聞配達して、たべて夜学へいけるの？」と、私がびっくりして聞いたら、義徳さんは、「ええ、一万円以上とれる月もあるそうですよ。」と、おちついて答えた。

よく聞いてみたら、利道さんは、新聞配達もやるにはやるが、主な収入は、新しい購読者の募集から得ているらしい。つまり、よく私たちの家へやって来て、ことわっても、ことわっても、「おくさん、××新聞とってください。ひと月でいいですよ。」とやるあれである。私は、なんとなく、ぞっとした。そのつい二、三日まえに私はけんもほろろに、その「アルバイト」のひとりをことわったばかりであったから。

罪ほろぼしというわけではないが、ぜひ今度、利道さんをつれて、遊びに来てくれと、私は、たのんだ。義徳さんも、きっと、近いうちに来ますと言ったが、それきり、こない。「遊び」になどこられないくらい、忙しいのだろう。

どの子のことを、考えても、「貧乏」のかげのさしていない子はないのに、それでも、だれひとり、さわやかに思いだされない子はいないというのは、かれらが、全身で生活しているためなのだろう。

山のクリスマス

　終戦後、東北の雪の丘にかこまれた一軒家で迎えた、クリスマスを忘れることができない。

　そこは、十二月になると、丘々が夜毎にうす化粧のように、うっすらと粉雪をかぶり、十日ごろにどっと降って、それが根雪になるというような気候のところだった。だから、十二月になると、燃料の貯蔵、家畜のえさの準備などに、私たちはラスト・ヘビーをかけはじめる。それが、ある朝、目ざめてみると四方は銀世界、まわりの丘も降りしきる雪の向こうに、はっきりとは見さだめることができない、というようになることが多い。私たちは、目をパチパチさせて、「負けた！　ことしも負けた！」と、その雪にむかって叫ぶのだった。

　そして、あきらめと安心のようなものをおぼえながら、冬ごもりにはいるのだが、旧正月は、まだずっと先だし、クリスマスが、ごく自然発生的に、話題にのぼってくる。

松は、そこらじゅうにあるから、クリスマス・ツリーを買いにゆくことはない。じゃまな枝を一つ、おろしてくればいい。雪は惜しいけれど、外ではらって、家にもちこみ、人造の綿をかぶせる。女の子が、それにおかざりをつける。私も、もと犬の首環についていた鈴をぶらさげた。御馳走は、もちろん、全部お手製。仕事を早めに終えて、おふろにはいる。おふろ桶のなかに雪がとびこんでくるようなおふろ屋だったが、そこからのぞくと雪の中の家が、障子だけ明かるく、よそから借りてきたオルガンでひく「清きこの夜」がまるでその家が歌っているように聞こえた。あとは天も地もまっ白。

まずしいが、それだけに、クリスマスの道具だてとしては、完全だと思った。

ごはんがすむと、贈物の交換。そのときのさわぎは、ここでは書きつくせない。みな、自分でつくったものをというので、藁工品や、おしゃもじや、半できの手袋などがとびだす。だれもが、魔法のように「ちょうどほしいと思っていたもの」をもらう。なぜならその前の数日間は、だれもみな、相手を喜ばす贈り物に頭をひねり、ひとりクスクス笑いながら、仕事に熱中してきたのである。「与うる者は幸いなり」と、気もちを満きつしながら、家じゅう、ニコニコ笑いではすまなくて、わァわァ、げらげら笑いころげる。それから歌。

来年もまたきっとね！　と、かたく約束して、その夜は終えるのだが、あわただしい世相を反映して、次の一年の間に、その夜の人たちはちりぢりになり、家族のように暮らしたその人たちを、いまは遠くで思いだすだけになった。

キヌ

私の家の庭は、猫の天国とみえて、近所の猫たちがたくさん日なたぼっこにやってきて、運動会をしたりするのである。

去年の秋、私が庭に立ってお隣の人と話などしていると、猫が、声はたてずに、ただ口だけあけて鳴くようすをしながら、あわれみを乞うように近づいてくるようになった。頭と背と短いシッポにうす墨のまだらがあったが、あとはまっ白で、目の大きい、あどけない顔の猫だった。そして、首の右わきと背なかに直径十センチくらいの傷があって、まっかな肉がはみだしていた。私たちは、ギョッとして、その猫が近づいてくるたびに逃げだした。

私と壁一重となり、つまり私の家に同居している家族も、りっぱなキジ猫を飼っていた。この家の人たちは、朝起きるのがおそい、そこで「ニノ」という名のその猫は、私が起きたけはいを察すると、たちまち間のドアをがりがりやって、いっしょにごはんをたべようと誘う。私は勤めに出るまえの忙しい、つつましい食事を、いつも「ニノ」とさし向かえでした。ところが、この猫は「ニボシ」という日本語を解するくらいで、口はたいへんぜいたくだった。私は、いつも「ニノ」のお残りをガラス戸の外に出して、勤めに出た。

通りがかりの犬がたべるのか猫がたべるのか、夕方帰ってくると、そのお皿はいつもからになっていた。キズのある猫はカーテンのすき間から、明るいあたたかそうな家の中をのぞきこんだ。私はこの猫にアンデルセンのお話からとって「マッチ売りの猫」というアダ名をつけた。猫のキズは、夜犬にでもいじめられるのか、小さくなるどころか、だんだん大きくなっていくようにみえた。

そのころ、私と共同で宮城県の山の中で農場をやっている友だちが用事で上京した。私たちが夜おそくまで話していると、キズ猫は、ガラス戸をカリカリひっかき、冷い落葉の上にいる自分の存在を知らせた。私たちは、農場でも猫を飼っていた。あまり猫がすきでなく、ネズミ退治のために飼ったのだが、いまでは山でさびしく住んでいる私の友だちの唯一のなぐさめだった。友だちは、キズ猫の目が、山の「トム」の目にそっくりだといった。そして、とうとうひどい霜の降る晩「キズちゃん」は家の中へつれこまれることになった。

その日から、キズは家にいる。どこかに飼われていたのかちっとも悪びれない。朝出がけに湯たんぽをしていくと、ちゃんとそれを抱いて外のけしきをながめ、何時間かしてさびしくなると、自分で戸をあけて、庭の向うのおばさんのこたつにやっかいになりにゆき「お手々」やその他の芸をならった。そして、私の足音でかけもどってくる。けっして声を出さないので、鳴かない猫かと思っていたら、いつか駅へゆく途中まで追いかけてきて、大声で吠えたてたのでびっくりした。

　傷は、栄養がつきだすと、かたまりはじめて、三カ月くらいで、なおった。私はそれを記念して「キズ」を「キヌ」と改名させた。ニゴリの点をとり、スの棒をちょっとのばしただけでこんなにキヌのすべてをあらわし得たとは、私の自慢だった。

　キヌは、この春から、二度お産をして、そのおっとりした気質のために、二度ともオス猫に子をとられた。犯人は「七郎」といって、やはりこの猫天国の住人。私の家の軒下にすんでいたのだが、そんな事件のまたおこらないように、この間、遠くまで持っていって捨てた。

朝の散歩

私は、生まれてから去年まで、朝の散歩などということをしたことがなかった。女は、とかく貧乏性なうえに、ことに私はそうなので、ちょっとしたひまでもあれば、掃除や洗濯ということになるから、わざわざ散歩などしなくとも、運動不足になるおそれはないと考えていた。

ところが、この春から、東京にいる時には、かならず六時前後から七時ごろまで、近所を歩きまわらざるをえなくなった。犬のお伴という、いわば、よぎない散歩である。

犬のことを好意的に本に書いたら、そういう書き方をするなら、犬はすきであろうと、コリーを一頭、押しつけられた。犬はきらいではないが、そのせわが、いまの私の能力以上なことだとわかっていたから、戦後は遠慮して、飼ったことがなかったのだ。

さて、飼ってみると、やはり、心の負いめはたいへんだった。元来、野山をかけ歩くべき犬を、あまりひろくない囲いのなかに、一日とじこめておくことにたいして、私は平気ではいられない。それに、日一日と、男らしく、低音に、力強くなってゆくそのなき声について、近所の人たちの迷惑を考えないわけにいかない。

子犬は、六時近くなると、わが家の一角の雨戸があくことをすぐにおぼえて、うっかり朝寝をしている時も、その時間になると、「夜があけたぞ、なにを寝坊しているんだ！」とほえたてた。

私は、どんなに前の晩がおそい時でも、とびおきて、そのほえ声をしずめる手段をとらないわけにいかなかった。まず、用意の食事をあたえて、散歩にひきだすのである。

夕方の散歩までの時間を、できるだけおとなしく囲いにおいておくためには、一時間の散歩のあいだに、できるだけ犬のエネルギーを発散させてしまわなければならない。しかし、それでこまるのは、つれて歩く人間が、犬とおなじに疲れていては、いられないということだった。人間は、らくをして、犬だけ運動させようとすると、私のように、自転車にのれない人間は、まことにこまった。

最初に考えたのは、春ごろまで、わが家に同居していた若い女性と私とで、人通りの少ない道ですこしはなれて立ち、交互に犬の名をよび、「走ってこい！」の練習をすることだった。私たちは、各々ポケットに煮干しを入れておき、子犬が走ってくると、一匹ずつやったから、子犬は喜んで、足をいためるまで走りまくって、この方法はうまくいった。が、そのうち、私は、犬をたべ物で釣って訓練してはいけないということをどこかで聞くか、読むかして、不安を感じはじめたのと、またちょうどそのころ、相手をしてくれた若い人が結婚して、いってしまったのとで、またべつの方法を考えなければならなくなった。

幸い、家から五百メートルほどいくと、草ぼうぼうの原っぱがあった。二、三日は、そこへ犬をつれていって、私も、犬といっしょにかけ歩いてみたが——私が立っていると、犬もただ立っているから——これは、たいへんな仕事だった。犬は、私を同類と心得て、大喜びで全身でぶつかってくる、とびつく、くらいつくというわけである。腕と足が、かすり傷だらけになり、手をあげかけたところへ、天の助けのように、ビルという犬があらわれた。ビルは、草っぱらのすぐ横の家の飼い犬で、ワイヤの雑種だった。大きさは、私の家の犬の半分くらいだが、年は二歳だった。この小柄ではあるが、世智にたけたビルが、思いがけず、わが家の子犬をひきうけてくれたのである。ビルは、最初の日、私の犬の図体にだまされて、非常に警戒し、くってかかったが、やがて、これが、つつけば、すぐ転んでしまう青二才だとわかると、大の仲よしになって、毎日、相手になってくれた。この二匹が、三十分ほど、草原をくんずほぐれつ、とびまわっているあいだ、私は、文字通り、近くをぶらぶら散歩すればよくなった。

ところが、世の中はたえず動いているもので、このビルも、毎朝、五時半に私の家の犬の囲いへ迎えに来、また、散歩がおわると送ってくるようになったころ、主人と一しょにひっこしていった。

そこで、私はこのごろ、また犬と二人の散歩になったが、最近は、犬も青年期に近づいたせいか、私のわきをおとなしくついてくるようになり、ただ、旧友ビルに教わった拾い食いのくせが、時どき、私をこまらせるだけである。

家と庭と犬とねこ

私が、東京でも屈指の住宅街に、七十坪ほどの庭のある家に、もう一人の人間とコリー種の犬とねこを同居人（?）として住んでいるのをみると、たまには訪問客から、こいつ、何で金をもうけたのかなという顔で、「いいおすまいですね」と、おせじをいわれることがある。

ところが、私は、勤勉だが、金もうけには縁のうすい人間で、私にも思いがけない、さまざまないきさつからこの家や土地、犬やねこととともに暮らすことになってしまったのである。

まず家のことからはじめると、シナ事変のころ、私の第一番の親友が死んだ。その人は病気ちゅうに、いま私の家のある場所に、家をたてて住んでいた。そのころ、ここらは、まわりに畑や林もある、東京のいなかだった。

さて、友人が死んでみると、その家をひきうける者がない。今から考えると、夢のようだが、その「八重むぐら茂れる宿」のように草木にかこまれた家には借り手がなかった。しかし、それでも、その家ののっかっている地面の地代は、月々払わなければならない。とうとう、私は、たのまれて、その家をもらいうけるはめにたちいたったのだが、地代分だけを家賃に払ってくれる借り手を見つけるのにたいへん苦労した。

　ところが、戦争がおわると同時に、家の値うちは、はねあがった。私の家にも借り手が殺到して、新宿で焼けだされた友人、Mさん一家が住むことになった。

　そのころ、東北に住んでいた私のもとへ、Mさんから、土地のことで手紙がきたのは、それから、二、三年してからであった。私の家ののっている地所を地主さんが財産税として物納してしまったから、私は財務局からその土地を買わなければならないのだということだった。

　そのころのことで、だれとも同様に、私は食うや食わずの状態だったから、これを聞いてふるえあがった。ある時、東京に出た序に、おなじ運命にある、その家の隣近所の人たちに聞いてみると、いまに土地などというものは、国家でただで国民に分ける時代になるから、買っては損だと、ある政党の人がいって歩いているので、自分たちは不買同盟を結んで、買わない算段をしているということであった。私も、早速、その同盟に入れてもらった。

　私が、ある出版社に勤めることになって、東北から東京に出てきたのは、戦後五年のころである。小さい家に、友人のMさんたちと雑居することになったが、どう考えても、自分の寝おきしている土地が、だれのものともつかず宙ぶらりんで、その上、財務局の代理人という人が、しげしげと訪ねてきては、「買え買え」というのを聞いていると、不安でおちつけない。

出版社の人に相談すると、「一坪いくらなんです」といわれたので、「四百五十円」と返事をした。相手は、あきれたという顔をして「ばかなことをいってる。早く買ってしまいなさい。今に、あの辺は手がだせないほど高くなるぞ」と叱られた。

そのころの百坪四万五千円の金は、私には大金だったけれど、私は、不買同盟を脱退する決心をした。そして財務局の代理をしている信託会社に、年賦払いの交渉をして、ちびちび払いこんでいるうちに、いつのまにか、この土地は私のものになった。

お金勘定のできる人に聞くと、私はうそのような値で、この土地を買ったのだそうだ。もっとも、この土地の真上を、高圧線が走っていて、土地の隅にしか家を建てられない条件も、大いに値をさげることを手つだってくれたらしいが、それでも、私には、大きな家より、七十坪の庭のほうがありがたいようなものである。

この庭に、大けがをして迷いこんできて、むりに家に入りこんだのが、わが家のおしかけねこであり、私が、コリー種の犬のお話を書いたのが縁となって、「おまえは、犬がすきそうだから、これをやる」とおいてゆかれたのが、わが家のおしかけ犬である。

家も庭も、ねこも犬も、求めて、手をだしたのでもないのに、私のところに転がりこんできた。そのいきさつを知っている友人は、「家や土地のことで、人なみの苦労をしない人間に、人生はわからない」という。私も、きっとそうだろうなと思っている。

魔法の犬

私の家に、「デューク」という名まえの、オスのコリーがいます。

もともと、この犬は、私が飼おうとして飼ったわけではありません。ある時、私が、「デューク」という名まえの犬の出てくる話を書きましたら、ある方が、私をコリーずきとまちがえて、「やる、やる」といってくださったのでした。毛色は黒茶白の三色で、コリー界では、「トライ」といわれている種類です。

三カ月で、私の家にやってきた時は、おとなのねこに、ちょっとながい顔をつけたくらいの大きさでした。ところが、その後、「コリー読本」などという本に相談しながら、育てていましたら、みるみる鼻づらはのびだすし、体は大きくなるし、一年ほどのうちに四十キロ以上の巨漢となりはてました。

一九六七年一月十三日で、満八歳。去年、虫ぐすりをいただいた時の獣医さんの話では、もう犬の敬老会にはいれるのではないかということでした。そこで、大いそぎで血統書をとりだして調べましたら、まだ七歳何カ月で、半年ほど年がたりないことがわかりました。しかし、このお正月で、天下晴れて、敬老会の仲間にはいれる身分になったわけです。いったい、どんな記念品がいただけるのか、私たちは、たのしみにしています。

本人（?）のデュークのほうは、そんなことには、いたって無関心。ただ元気にとんで歩いているだけですが、しかし、医学界でそうきめている以上、犬としては御老体なのにちがいありません。

そういえば、デュークが家にきてから、近所の犬の人口（?）にも、ずいぶん出はいりがありました。家のすぐまえのYさんの家には、スピッツが二ひき、つぎつぎに来て、いなくなりました。にげだしたということはききませんから、二ひきとも死んだのでしょう。また、家の前の道を左にいって、すぐまた右にまがったところにあるMさんの家では、デュークが来たのとおなじころ、シェパードの子が迷いこんできて飼っていたのが、いつのまにかいなくなり、シバ犬になったと思ったら、それもいまはいません。

ですから、犬の世界にもかなりはげしい移り変りがあって、生まれてきては、死んでゆくのだということがわかります。そうとすると、私の家の、八歳で、まだ赤んぼうのようにあまったれているデュークは、一つのいのちを長らえているというだけでも、ごほうびがもらえるのかもしれません。

この犬に不幸なことがあるとすれば、それは、私の家に、おとなの男性がいないということです。何しろ、超特大の犬ですから、どうしても男の人がいて、ピリッとした号令をかけないと、ひきしまらないのです。ことに、私のようなかぼそい女が主人ということになりますと、犬をつれての散歩も、まるで犬のおとものようになってしまいます。私が、一生懸命、きびしい顔をして、「あとへ、あとへ！」などと号令をかけながら、朝の七時半、または、午後の二時半、散歩に出かけますと、御近所の人たちは、「御苦労さま。」と声をかけてくれます。私も、はずかしくなって、「はい、牛にひかれて、善光寺まいり」とあいさつします。

こまるのは、「コリー読本」などによって、時間の規律ただしく育ててしまったせいか、雨が降ろうが、雪が降ろうが、午前の七時前後、午後二時すぎになると、デュークの頭には散歩以外のことは考えられなくなることです。朝は、吠えてさいそくしますし、午後は、ドンドン、ガラス戸をたたきます。

たまに家の者が朝ねをすると、キュウキュウ、フンフン、ワンワン、いろいろなき声をたてて、うるさいので、私たちは、近所の人たちに申しわけなくなって、おきだします。そのくせ、朝になっても、この声がきこえないと、これも心配になって、おきだしますから、結果としては、どっちみち、おなじことになるわけですが。

この、朝になっても、家のまわりが、しんかんと静かな時、これが曲者なのです。

デュークと

これが、デュークが魔法を使って、いなくなる時なのです。

何度か、「デューク疾走事件」を経験してから、私たちは、それまでいいかげんに見のがし、聞きながしてきたデュークの挙動についての知識を総合し、分析してみました。

どうもデュークの「夜なき、朝なき」には三種類あるようです。一つが、夜なかに何かあやしいものが表を通った時のおこったなき方。第二が、朝五時〜六時の、牛乳屋さんや新聞屋さんとの交歓。夜じゅう、ひとりさびしく生け垣の中をうろついている身には、たくましい若者の、朝早い訪問が、どんなにうれしいのでしょう。ガタン！　ガタン！　という牛乳屋さんの自転車のとまる音といっしょに、デュークがすさまじい勢いで、生け垣の中を、何回かかけまわる地ひびきのような音が、二階の私の耳までできこえてきます。時どき、牛乳屋さんがいってしまったあと、「クンクン、クンクン」といっていることがあるということも、デュークの挙動についていろいろ思いだした結果、出てきた事実です。

それから第三回めに吠えたてるのが、家の中から、散歩の同伴者が出てきそうなけはいを察知した時です。

ですから、私たちがおきだして、できるだけしずかに——デュークがさわぎださないように——家の中でごそごそ何かをはじめるころ、人間である私たちは、外のけはいに、もう少し敏感であるべきだったのです。

ところが、すっかり散歩のための武装をととのえて、外に出て、「あれ、デュークがいないよ！」となりがちなのでした、こうなると、散歩の同伴者となるはずだった人間は、「デューク、デューク」とよびたてながら、木戸まで走っていって、カギがかかっているかどうかを調べます。ほとんどの時、カギは、きちんとかかっています。

そこで、「またデュークが魔法をつかって、外に出たな。」ということになるのです。いつも私たちが、家から一歩でも出れば、黒い大砲の弾のようにとんでくるデュークが、ぽかっとかき消えて、庭じゅう空気だけが充満しているということが、私たちには、じつにふしぎな、魔法みたいなことに見えるのです。だって、私の家のまわりは、デュークの巨体は、くぐりぬけることができないようになっているはずなのですから。

というのは、私の家のまわり三方は、金網の垣、一方が生け垣です。四カ所に木戸がありますが、とにかく、カギがかかり、デュークほどの巨体がくぐりぬけるすきまはないことになっています。にもかかわらず、デュークは、かき消えたのです。

しかし、とにかく、デュークはいないのです。魔法だ、なんだといっている時ではありません。私の家の者は、その日の予定は、まず棚あげにして、四方八方に走りだします。ひとりは、木戸をあけはなし、「デューク！　デューク！」と連呼しながら、いつもの散歩道を一巡するため、走りだします。ひとりは、いそいでデュークの食事をつくり、ひょっこり、この放蕩息子がかえってきたら、ともかくも、このえさにくいつくように用意します。また、ひとりは二階にかけあがって、あちこちの窓から、できるだけ大きい声で「デューク、デューク！」とさけびます。ひとりは、交番に走ります。デュークの逃亡が、もし夜中におこったのであれば、すでにどこかの交番につかまっているかもしれないからです。（つごうのわるいことに、コリーは、首わをつけていないのです）

しかし、こうした仕事の手分けは、私の家にそれだけの人数が揃っている時の話で、たいていは、一人二役、または三役となったりします。しかし、どうしても最低二人はほしいというわけは、デュークの帰りを待って、木戸をあけはなしておく以上、だれかが家にいて、だれかが外まわりをする必要があるからです。さもないと、デュークは、もしひとりで、ふらふら帰ってきたとしても、ごはんをたべて、「またひとまわり。」と出かけていくでしょう。

お断りしておきますが、デュークが逃げだした時は、私たちが一ばん心配するのは、デューク自身のことよりも、もしひとさまに何か危害をくわえては、ということでした。デュークは、ほんとうにおとなしい犬です。私の家には、近所の子どもが、大ぜい来ますから、私たちは、デュークが子犬のころから、人に手むかうことを、「いけない！　いけない！」と叱って、子どもと仲よくするように教えてきました。ですから、デュークは、子どもはだいすきですし、おとなもだいすき。とにかく、にんげんがすきなのです。

しかし、デュークのほうは、だいすきでも、むこうがすいてくれない場合があります。何しろ、図体が大きいので、デュークを見ると、いきなり棒をふりあげたりする人がいます。

いつか、デュークと散歩をしていて、ある人に吠えましたので、ふしぎに思っていましたら、いつか、その人は、デュークが家のべつの者と散歩に出た時、デュークをけとばしたことがあるのだと聞いて、これは用心しなくてはいけないな、と私は思ったのでした。もし、デュークが、いいきげんで、ひとりふらふら散歩をしている時、そんなことがおこったら、どうでしょう。

これが、デュークが逃亡した時、まず私たちの頭にくることでした。

一九六六年十一月、デュークは、連続三回、逃亡しました。

十一月のあるひどい風の吹いたよく朝、私はおきて、二階から下におりながら、ばかに外がしずかだなと思いました。そこで、私より先におきていた姪に、

「デューク、いる？」とききました。

姪は、子どもを学校へだしてやる用意をしながら、いそいで外に出てみて、

「あら、いませんよ！」といいました。

デュークの最後の逃亡が、もう一年以上まえのことでしたから、私たちは、ようやく、デュークが魔法の犬だということを忘れかけていたのです。

それから、例によって、例のようなさわぎがはじまり、姪は散歩道へかけだし、私は、デュークのごはんをつくってから、四方の窓で呼びたてるべく二階へかけあがりました。

そして、四、五分、大声をはりあげてから、下におり、「やれやれ、これで、今日の午前中の仕事の予定もおじゃんだ。こまったことになった。」などと考えながら、人間たちの食事をととのえ、ひょいとベランダのほうをみますと、そこにデュークが、「あぁ、くたびれた！」という顔で、ごろんとねころんでいるではありませんか。

さっきだしてやったごはんは、もうちゃんとおすましでした。

こうなると、今度は、姪をさがしにいかなくてはなりませんが、こちらは、まあ人間ですから、ひととおり見まわったら、かえってくるでしょう。私は、木戸をしめてきてから、デュークをしかりましたが、デュークは、大きな口をあけて、はあはあ、はあはあ、笑うような顔で、息をついているだけです。

やがて、帰ってきた姪は、交番にもとどけてきたとのことですから、私たちは、またさっそく取り消しにいきました。

あとで、家のまわりをまわってみますと、私の家と背中あわせになっている西がわの隣家との境に、火事の時などの用意に、そこだけ金網を切って、木戸にしてあるところがあります。その木戸が、くされかけていて、前の晩の風でたおれかかっていたのでした。

「ああ、ここだ、ここだ。これが魔法の種だ。」と、私たちは納得して、その木戸につっかい棒をして、すき間をうめました。

ところが、つぎの朝です。姪が、また、「おばさん、またデューク出ましたよ。」といいます。

すぐ、裏の木戸を見にいきますと、そこは、ちゃんと直ったままになっていました。こうなると、いよいよ魔法です。

しかし、魔法であれ、何であれ、デュークはいないのです。そこで、私たちは、また、かけだしたり、叫んだりしました。

私は、二階から叫んでは、耳をすましました。どこからか、デュークの声がきこえてくるかもしれない。と思ったのでした。

何度めに叫んだ時でしょう。真っ黒い大砲の弾のようなものがとんでくるのが、生け垣ごしに見え、木戸から庭にとびこんだ瞬間、その砲弾は、デュークの背中になりました。

私が二階からとびおりて、出てゆきますと、「おもしろかったぞう！」というように、私にとびついてから、池まで走ってゆき、水をバケツに二はい分ものみました。その日は、はずかしくて、交番にはとどけませんでしたので、取り消しにゆかずにすみました。

ていねいに――ノミとりまなこで――家のまわりを点検して見ますと、私の家と南がわの隣家との境の金網の途中に、一カ所、ふとい忍冬《すいかずら》がはえているため、その垣をつくる時、金網を切って、忍冬を助けておいた場所があります。去年の秋、その忍冬が枯れたことがわかり、隣りでたのんだ植木屋さんが、その茎からぼうぼう出ていた、たくさんの枝をはらってしまったのでした。枝のなくなった忍冬の幹は、もろもろと折れて、そのあとに、デュークのためには、かっこうの出入り口ができていたのです。

私が、さっそく、竹の棒を何本かたてて、そこをふさいだことは、もちろんです。これで、こんどこそ、デュークの魔法が消えたと思い、また、案外、デュークの外出の範囲が近くであるらしいことに、私たちは気をよくして、その晩は、枕をたかくしてねむりました。

ところが、つぎの朝、私たちは六時に木戸のベルが、ピーとなるのに、よびおこされました。寝まきの上に部屋着をひっかけて私はとびだしていきました。

木戸のところに、いつも家にくる牛乳屋さんが、にこにこしながら立っていて、

「これが、ついてくるものですから。」といいます。これというのは、デュークです。

デュークは、これから牛乳屋さんとたのしい散歩をしようという期待で、はりきって、とびはねていました。

私は、厚くお礼をいって、デュークを内に入れて、つなぎました。忙しい仕事の最中、いらだった顔もしないで、デュークのいなくなった時の私の家のさわぎを、まるでみていたように、わざわざつれてきてくれた若者に、私は、ほんとうに感謝しました。

その日は、姪の息子が、垣を見まわり、木戸の下のすき間を埋めてくれました。

それから、いく日か、デュークは、つながれていました。けれども、私は犬をつないで飼うということのできない性分です。そこで、念には念を入れて、なおもう一度、家のまわりの囲いを確めてから、デュークも、いくらか思いしったろうと、何日めかにつなを放しました。と、そのよく朝、またデュークは、かき消えていました。今度は、よべど、叫べど、お昼になっても、帰ってきません。私たちは、警察にゆき、保健所にゆき、また、犬が捕まった場合、殺される前に何日か入れられる「犬管理所」にも問いあわせて、デュークを待っていました。

といっても、私たちも忙しいからだなので、じっと家に坐って、待っていたわけではありません。みんな出たり、はいったりしていたのですが、家に帰ってくるたびに、まだ木戸はあけ放されたままでいます。すると、私たちは、ふしぎなほど、あんたんとした気もちになるのでした。

デュークのごはんも、むなしく、家の玄関のまえに、なかみを作りかえては、出されたままになっていました。

この日のデュークの魔法の種は、北がわの隣家との間の垣でした。その隣家が普請をするので、私の家にだまって金網を切ったまま、大きな大きなすき間をつくってあったのです。私は、さっそくそこへ戸板を押っつけて、しばりつけました。

よく朝、私は、六時に家の前に立っていてみました。あの牛乳屋さんを待つためです。やっとあの好ましい若者が、ガチャンガチャンと、重い自転車をならしながらやってきたと思ったら、私は、牛乳配達という仕事の忙しさに、びっくりしました。この若者たちは、一秒の時間も惜しむというくらいに、時間を有効に使っているのでした。自転車をとめる、牛乳びんをつかみだす。横丁にかけこむ。もどった時には、もう新しいびんをつかんで、べつの家に体をむけている。

それでも、その若者は、私が道のはしで、その人の仕事が、ひとしきり片づくのを待っていると、十秒ほどたちどまって、私の話を聞き、きのうから、デュークを見なかったといい、見たら、教えてくれるといってくれました。そして、いく日か前の朝とおなじように、にこにこしながら、

「だいじょうぶかえってきますよ。あの犬、りこうだから。」といいました。

しかし、そのりこうな犬は、その日も帰ってきませんでした。夜、私は、よく日になったら、「犬管理所」にいってみるつもりで、十時ごろ、ねました。十一時ごろ、寝床で本を読んでいますと、階下で「ぎゃあ、ぎゃあ！」というような声がきこえます。はっと思って、頭をあげると、その声は、姪の娘の声で、「おばさん、デューク帰ってきたよう！」と、どなっているのです。

私は、知らぬまに、ベランダにおりていました。デュークは、ベランダにべったりねころんで、大きな息をつきながら、まわりに集った私たちをながめまわしました。

姪の娘がいうには、「どこへいったんだろ。とうとう、きょうも帰らないのかなあ。」といいながら、外を見たら、カーテンのすきまから、デュークの長い顔が、ぬっとのぞきこんだというのです。

みんなで、どこへいってきたのか、と聞きましたが、もちろん、デュークは答えることができません。けれども、帰ってこられたことは、デュークにとっても、たしかにうれしいことだったとみえ、その晩は、ベランダに大の字（？）になり、ぐうぐうねました。

それ以来、デュークは魔法を使いません。してみると、やはりデュークの魔法は、私たちの見つけた三つの穴だったようです。結局デュークの魔法は、みんな人間のつくったものだったのです。

このごろ、私たちが、デュークをつれて歩いていますと、「ああ、見つかりましたね。」と声をかけてくれる、知らない人があります。デュークのるすの間に、姪が、ビラを二、三十枚つくり、そこらじゅうにはりつけておいたからです。（これをはがすにも、私たちは、忙しい思いをしました。）

そして、このような、ゆきずりの人との話から、私たちはデュークの疾走事件のかなりくわしい事情も知ることができました。デュークは、あの朝、散歩の途中から、家へくる牛乳屋さんとはちがう牛乳屋さんについて、かなり遠くのお店までついて行き、三十六時間、そこにつながれて、牛乳など、いろいろ御馳走してもらいました。しかし、牛乳配達さんは、飼主があらわれそうもないのをみると、夜おそく、前の日デュークがついてくるのに気がついた場所までつれてきて、そして、はなしてくれたのだそうです。

いま、私が、しなくてはならないと思っていることは、魔法の犬でなくなったデューク（デュークも、いまはカンサツをぶらさげています）をつれて、その牛乳屋さんを訪ね、あつくお礼をのべ、またデュークにものべさせることです。

はだかのサルスベリ

先日、久しぶりにたずねてきた友人が、カツオブシを二本くれた。私は反射的に手をだしてうけとってしまったが、このごろ、あまりカツオブシをおみやげにもらうことがないので、ちょっとふしぎそうにしたのか、その人は、「ネコちゃんに」と注釈を加えた。

ネコは死んだというと、その人は、「えっ！」と声をあげておどろいた。

私のネコは、去年の八月に死んだけれど、私は、それをべつにだれかれに話さなかった。しかし、ネコを題材にして文を書いたりしたことがあったので、友人のなかには、私をたいへんなネコずきと思い、いまだに、ネコにおみやげをもってきてくれる人もあらわれるというわけであった。

私が、そのネコを飼ったのは、ネコがすきだからではなかった。かの女が、子ねこのころ、大けがをし、死ぬか生きるかのあわれなすがたで放浪ちゅうを、見かねて治療してやったのが縁であった。きずがなおると、ネコは、自分こそ、ここの女主人という顔で私の家にいすわり、キズを負わせた張本人であるらしい犬族を、庭から追いだすのを仕事にしだした。

このネコは、とくべつおっとりしたネコだったのに、私と、もう一人、かの女の放浪ちゅうに情をかけた隣家の女主人にしか、真に気を許さなかった。私の家に客がくると、かの女は、一応二階にあがるが、客と私との話し声がうちとけたものだと、また降りてきて、戸をカリカリやって、あけさせる。私の声が他人行儀だったり、客が英語を話す人だと、出てこない。

かの女が九つになった時、家に犬がきた。これも、私がすきで飼ったわけではなかったが、このことが、私を独占していると思いこんでいたネコには、ショックだった。はじめは、子犬で、ネコの一撃でひっこんだ犬が、だんだん大きくなるのに、ネコのほうは、動物同士の正直な勢力のはりあいが、まるでハカリの目もりが動いてゆくように、犬に有利になってゆくのが、私の目にははっきりうつった。そして、とうとう去年の夏、私たちの警戒にもかかわらず、犬と大げんかして負けてまもなく、ネコは肺炎になって死んだ。

その時、一ばん美しく咲いていたサルスベリの木の根もとへ埋めてやったが、相手がネコでも、十一年も生活をともにすると、おたがいのあいだには、かなりのきずなが生まれずにはいない。春になっても、一ばん葉の出るのがおそいサルスベリの木が、みょうに寒そうで、先日から気になってしかたがないところへ、カツオブシをもらって、心がとてもなぐさんだことに気がつき、人間というものは、一生のあいだにさまざまな心のつながりを結ぶものだなと考えた。

おんなとくらし

おもち

新聞で「あすの暦」というところをみていたら、旧のお正月なのに気がついた。私は、小さいころ、かきもち以外のおもちはきらいだった。だから、朝ごとにおぞうにをたべた元日から六日までのつらかったことといったらなかった。

おもちのおいしさをおそわったのは、戦後の農村生活のあいだである。あんころもち、納豆もち、ひき茶のおぞうにというように、つきたてのおもちを三段にわけてたべるのが、いかにもお祝いらしく、また、つけるものによって、それぞれに味のひきたつのがおもしろく、すっかりおもち党になった。

雪ふかいところで、知人たちが、きょうもこんなおもちをたべているだろう。

お料理屋

友だちと、東京神田のある本屋の仕事を片づけ、表に出たら時間がはんぱだった。

友だちは近県に住んでいるので、家まで帰ると、夕食の時間をはずしてしまう。なにかたべようということになって少し歩いてみて驚いた。

友だちのからだぐあいで、あぶらものや刺激物はさけることにしてお店をさがしたのだが「レストラン」はかなり多く、喫茶店はそれより多く、中華料理店はもっともっと多い。けれども、おそばより腹もちのよいもの、手がるに——一ぱいのまずに——日本のおかずでごはんをたべさせてくれる所はまったく少ない。

日本で「お料理屋」といえば、ただごはんをたべさせる所でないことになっているのも、じつに妙だなと考えた。

ごまよごし

いつか男の友だちが遊びにきたとき、ホウレン草のごまよごしをだしたら、とてもおいしがって「家じゃ、こういうものをつくらないからなあ」となげいた。

その人のおくさんは、私とちがっておくさん専業で、お料理のじょうずな人なのに、きっとハイカラな西洋料理ばかりしているのだろうと、おかしくなった。

ごまよごしというと、とてもめんどうくさそうにきこえるけれど、このごろは、いりごまも売っているし、すりばちは、鳥のえさをするのを買ってきて使えば、そのまま、食卓の上にも出せる。

ほんとに二、三分もかからない、料理ともいえない料理で、このすりばちを使うたんびに、私は鳥に感謝する。

におい

先日、アメリカにいる友人が、オレンジを送ってくれた。船で来たので、わるくなっているのもあったけれど、いいのだけとり出しても、かなりの箱にいっぱい。私は、うれしくて「わっ」という声をあげた。

さっそくその夜、同居の者三人で、一つずつむいた。皮をはいだとたんに、何ともいえないすがすがしい香気が、家じゅう——文字どおり、下から二階までいっぱい——にたちこめた。これにも三人が「わっ」といった。

二日目、三日目になったら、オレンジがにおわなくなったのか、私たちの鼻がバカになったのか、いっこう何とも感じなくなったのは、ふしぎでたまらない。

サンドイッチ

めんどうくさがりやの私は、自分ひとりで家にいる時、何か手のこんだものをつくってたべようなどと思ったことがない。ごはんのかわりに、パンでけっこうだし——どころかパンのほうがいいくらいだし——冷蔵庫のなかに、保存のきく肉や野菜をいれておいて、サラダかサンドイッチをつくる。

バナナとピーナッツとほしぶどうをこまかくしてまぜ合わせはさむサンドイッチはだいすきだし、キュウリの細切りにゆでたまごをこまかくしてまぜ、マヨネーズであえてはさんだのも好物である。それに紅茶をつければ私には、大ごちそうになる。きっとひとり暮らしになったら、一週間の半分は、サンドイッチの種をかえては、たべていることだろう。

つけ物

寒い地方のつけ物はおいしい。十何年か前、春から初夏まで秋田にいたことがある。その時、農家のおばさんたちからごちそうになったつけ物の味が忘れられない。なかでも、キュウリのしんにシソの葉をつめこんでつけたみそづけは、小口から切ると、おもしろい花形になり、また切れ目を入れてつけこんだニンジンは、切るとサクラの花の形になった。これが農家のかあさんたちのつけ物かと、その味とともに形の美しさに驚かされた。

この二、三年、私は野沢菜のつけ物を、寒い国から送ってもらってたべているが、暖かくなってきたので、そろそろべっこう色になった菜っぱをみじんに刻んで、香ばしいい(炒)り菜をつくらねばと思っている。

うちむらさき

友だちの家にいったら「うちむらさき」という名を知っているかと聞かれた。

その友だちの話というのは、六十何年かまえ、日本で生まれて育ち、帰国していたアメリカ婦人が、何十年ぶりかで日本を訪れ、このごろの東京には、おいしい「うちむらさき」がたべられないのが残念だ、といったというのである。

「うちむらさき」が、ザボンの和名だとわかった時、私は「あっ」といった。幼いころ、船にのっていたおじが、よくもってきてくれたあのおいしいくだもの。みかんの十倍も大きくふさのうす皮をむくと、ピンクとも、うすむらさきともつかない、水気たっぷりの実のあらわれるザボンのために、なんときれいな名前だろう。

料理学校

いま私の家には三人の人間が住んでいる。一人は学生で、朝家を出て、夕方帰る。もう一人（お手伝い）はそれとすれちがいに夜学にゆく。まん中の私は、出入り常ならずだが、学生さんと私は、よく夕方、おなじころ帰宅して、いっしょに調理台の前に立つ。

そこには、お手伝いの用意していったおかずの材料のならんでいる時もあり、見たこともないような完成品のおいてあることもある。そういう時、私たちは「これ何？どうやってたべるの？」といいあう。

じつは、このお手伝い、あるお料理学校に一年通った。お料理学校って、どうしてお煮しめみたいなものを、みっちりしこまないのかなあ、と、複雑な完成品を見るたびに私は思う。

洗いながし

東京では、晴れた日は、さすがに暖かく、春がきたなと思わせる。私は、このごろ、朝早くから目をさまされる。窓のすぐ下の屋根で、カシャカシャ、スズメがうるさく足音をたてて歩きまわるからである。それといっしょに、スズメたちは、春でないと出さない、つやっぽい声でなきたてた。

スズメたちは、私の家の雨戸のあくのを待っているのである。ここ何年か、雨戸をあけると同時に、前の日、おかまやご飯むしを洗う時に出たご飯つぶをとっておいて、庭にまいてやる習慣がついていた。スズメは、ぱっとおりてきて犬など平気で、朝食をとる。

母もよく食器についたご飯をたんねんにとって、それを洗いながしとよんでいたな、と、私は思いだす。

一年生

お酒ののめない体質というものがあるのだろうか。私の家では、何代もの間、お客でもないと、食ぜんにお酒がのぼらなかったらしい。だから、小さい時からおとなになるまで、家のものが酔っぱらって大声をあげるなどということを経験したことがなかった。

そのため、十七、八のころ、ある人がのんだくれて家にはいってきて、すわりこんだ時のおそろしさといったらなかった。

それで、いまだにお酒がたしなめなくて、時には残念だなと思うこともある。ことに、神経的に疲れて、眠れない時などそう思う。

こんなことを述懐したら、ある人がウメ酒をひとびんくれた。おそまきながら、お酒の一年生になるかな、といって笑った。

メープル・シュガー

カナダに住んでいる知人が、お菓子を送ってくれて、そのなかにメープル・シュガー（カエデからとる砂糖）がはいっていた。

戦前味わったことのある風味ある甘さを思いだして、なつかしかった。そしてまた、女学生の時に読まされたナショナル・リーダーという英語の教科書に、じつに興味シンシンたる、メープル・シュガーをつくる時の実況記録がのっていることも思いだした。

辞書をひいてみたら、カエデの木のなかで甘い樹液が流れだして、木にキズをつけて採集できるのは、二月の半ばから四月半ばと書いてあった。とすると、ちょうどいまごろ、ニュー・イングランドやカナダの森林地帯では、古風な砂糖作りがはじめられているころだ。

呼び売り

しずかな暗い夜、いきなり、家のすぐ横の道から、大きなさけび声がおこって、びっくりすることがある。けれども、それが焼きイモ屋さんの呼び声とわかって、びっくりは、なごやかに変わってしまう。

戦争中、北京にいった時、だ円形の小型の台のようなものを肩からつるし、青空までとどけと「ユウ！ ユウ！」とさけんで歩いているのを見て、なにを売っているのかと友だちに聞いたら、ユウとは「魚」だった。

近ごろのマイクを通した、機械的なつくり声にくらべ、あの魚売りの声も、石焼きイモの声も、なんと味覚をそそり、人間的で、りっぱなんだろう。それにしても、このごろは、こんな声をだんだん聞くことがなくなった。

焼きハマグリ

テレビを見ていたら、お休みに干潟へ出かけて、貝をとる子どもたちの姿がうつった。寒い寒いといっているまに、時は容赦なくたっていって、じき潮干狩りの季節になる。

けれど、貝といえば、幼いころ、祖父に焼いてもらったハマグリのようにおいしいのを、その後たべたことがない。

私の生まれは浦和で、そこへ春になると、東京からとれたての魚や貝をかついで売りにきた。祖父は、そういうハマグリを、からごと七輪の火にのせ、ぱくっと口があくと、やっとこではさんで小ざらにのせてくれた。

まだ海からもってきた塩気もそのままの焼きハマグリを、幼な心に、それこそ、ほっぺたがおちると思いながらたべた。のんびりした時代の話である。

ひなまつり

ひなまつりが近づいた。私の家でも、近所の子どもが本を読みにくる小さな図書室に、ひなをかざった。子どもたちはやってくると、まずおひなさんをながめ、それから下にかざってある小型の茶道具や入れ子の箱などいじってたのしむ。

そして、いよいよ三月三日前後には、おもちゃのそばに、あられとキンカ糖のお菓子をならべるのが、毎年の例である。

私は、あられは、お正月のおもちの耳をこまく切ってかわかし、それをいっておシヨウユで味つけしたのがすきだが、そんなものは、このごろはどこにもない。

やがて、ひなやおもちゃは、また箱にしまわれるが、お菓子やあられは、子どものおなかにおさまって、お節句がおわる。

くだもの やさい

　二年ほどまえ、体の調子が悪く、お医者さまに検査してもらったら、私の血のなかには、コレストロールというものが、普通の人の二倍もあるのだということがわかった。その時、はじめてコレストロールというものの存在を知り、いろいろ聞いてみると、それは動物性脂肪のつぶつぶのようなもので、それが血のなかにあまりたくさんたまると、血が濃くなり、血管の内側にもくっついて、動脈硬化になるのだということだった。動脈硬化は、年のせいでしかたがないとしても、とにかく、コレストロールの数が、あまりに多すぎる。動物性の脂肪のつよいものは、とらないようにという注意だった。

　そこで、その後、バタやブタ肉のようなものは、マーガリンや軽い魚というように切りかえたら、見る見る痩せはじめた。おかしなことに、依然としてコレストロールの数は減らないのに、それまであった妙な目まいはなくなった。

　血圧も高くないし、お医者さまが、先天的な体質かもしれないから、あまり気にしないようにといってくださるのをいいことに、呑気にしているが、自分ながらおかしいと思うのは、肉好きだと自認していたのに――ブタの三まい肉などは、大好きだと考えていたのに――そんなものを、いっさいとらなくても、平気なことであった。

元来、私の舌は、加工された食物については、あまり気むずかしくはないのかもしれない。よく雑誌などで見る、「肉なら、どこそこのどういう料理」「洋菓子なら何々屋」のでないと食べられないというような記事は、私には、羨しいような潔癖さに見える。これは、農家の娘であった母に育てられ、長じては、幸か不幸か、嫁しずいたら、けんつくをくわされたりする亭主というものがなかったから、生まれたままの感覚を訓練したり、変形させたりチャンスがなかったためと思われる。

脂っこいものが食べられなくなってから、いままで味わったもので、何がダイゴミというようなものを経験させてくれたかと考えてみると、そのあまりにもさっぱりしていることにおどろかされる。

第一が、五歳くらいの時に食べたサヤエンドウのおみおつけである。畑からとりたてを煮たもので、プツッと口のなかでつぶれた時、全身にしみわたるようなうまさを味わった。その時の感覚が、あまり鮮明だったので、そのおみおつけができるまえ、われわれきょうだいが「まあちゃん」とよんでいたおじいさんと、かごをもって、近くの畑にそのサヤエンドウをとりにいった光景までが、おまけにくっついて思い出されるほどである。それ以来、サヤエンドウのおみおつけは大好きになったけれど、このごろでは、一度もああいうサヤエンドウにぶつかったことがない。

第二の記憶は、サヤインゲンである。（豆科の野菜ばかり出てくるようで、おかしいけれど）。私の生まれた浦和市では、七月一日が天王様で、おみこしが出た。その日、母は、うどんをゆで、氷でひやし、それを、すりごまとサヤインゲンを入れたたれで食べさせる。学校から帰ってくると、広い土間のある、うすぐらい台所の隅の棚の上の、私たちがとうしとよんでいた広い、あさいかごに、山盛りいっぱい、サヤインゲンの若いのが、ゆでてある。それをいくつのころだったか、学校から帰るなり、うどんのたばのように両手につかんで、むしゃむしゃ貪り食ったのを思い出す。おいしくておいしくて、食べずにいられない気持だった。

このように、加工の度の少ない食物に満足を見いだしたのは、ふだんから、あまり手をかけないものばかり食べさせられていたからに違いない。じっさい、私の家は町はずれにあり、まわりの畑地もたっぷりあったから、野菜はもちろん、くだものも、かなり大きくなるまで、みかん以外は、買って食べるものにはなっていなかった。

初夏には、イチゴがあった。これは、浦和には農事試験場というのがあって、明治のころ、ずいぶんハイカラなものを外国からとりよせ、町民にも分けていたというから、私の家のは、そこのイチゴの子孫かもしれない。

イチゴがおわると、アンズ、ビワがおっかけてきた。じゅずなりという言葉があるけれど、このころの私の家のアンズほど、おしくらまんじゅをして枝にぎっしりしがみついていたアンズを知らない。それも道理で、この木は、便所のすぐわきにはえていた。

ビワの季節は、天王様のうどんと一致していた。これは、家の囲いの外、畑地のとっつきにあって、この木の下がごみ捨て場になっていたため、やはり、こやしにはこと欠かなかったと見え、盛りのころは、実で木が黄いろくなるほどであった。ビワの木は、水平の枝がたくさん出ていて、木登りがたいへんやさしいということを、私たちきょうだいは、経験から学んだ。この実は、もいでは、知人に配ったが、時には、遠くの男子師範や中学の寄宿から、夜陰に乗じて遠征してくる者もあるのだと、姉たちはいっていた。

ビワがおわると、何本かのハタンキョウが待っていた。これには、外側が赤紫に熟れるのと、外は青白いのに、なかが真赤なのとあった。これが食べられるころは、東京から夏休みのいとこたちが泊まりにきて、私たちはセミとりに忙がしくなる。一本のハタンキョウの木が、とくに私に好ましく思われたのは、それが実をつけて私たちに食べさせてくれるだけでなく、木肌が白いため、その下に忍んでゆくと、必ずオーシイツクツクをつかまえることが出来たからだった。

もちろん、夏休みには、くだもののほかに、トウモロコシができたから、これは、だれがもらったのが大きいとか、小さいとか、いつも東京から来た子供たちのあいだでは喧嘩の種になった。

秋は私の家の果樹の王、柿の季節である。母と兄は、柿が一ばん好きだった。柿が黄いろくなりはじめると、母は近所の人たちに気兼ねをした。子供たちも多く、自分も好きなので、そうそうひとに分けていられないのだが、美しくならしておくのは、近所の人たちの目の毒だと考えたらしかった。ある年、兄がビルマに行っていて、秋の終りに帰るというので、母は、小さい柿の木を一本、手つけずにとっておくことにして、私たちにもその旨をいい含めた。ところが、そのころ、無遠慮な人が近所に住んでいて、ちょいちょいやってきては、立ち話しながら、ポキポキ、柿をもぎっては立ち食いをしていく。話が目的ではなく、柿を食べにくるようだった。とうとう、ある日、母はたまりかねて、兄のためにとっておくことにきめた柿の木に、大きな風呂敷をかけた。いくら風呂敷が大きくても、柿の木を包むわけにはゆかなかった。まじめな顔で、その作業をやっている母を見て、私たちは笑った。

もぎたてのくだもの、とりたての野菜で育った因果には、私は、いまだに、むかし私の家にあったくだものを買う時には、躊躇する。ことにビワなどは、あのうすい紙に包まれた、スパスパのくだものなどは、むきながら、水がたれて困ったむかしのビワとは、まったく別のもののような気がするのである。

先日、姉が、現在ではなおす手だてのない病気で死んだ。そのちょっとまえ、何とか、一瞬でも、苦しみを忘れさせる方法はないかと思い、メロンを届けた。何も胃におさまらなくなっていた姉が、それをひと口だけ食べて、「天国にのぼったよう」といったと聞いた時、私は、ああ、それは、幼い私たちが無我夢中で味わった天国のひときれではなかったかしらと思った。

自炊

ひとり住いをしていたころ、よく「自炊ですか?」と聞かれた。どのくらいたくさんの人が、そういうことを聞くかを知りたい人は、ひとり暮らしをしてみることである。

私は、いつもそう聞かれると、「ええ、そうです」と答えたのだが、答えながら、ちょっと説明できないような、ぴったりしないものを感じた。何かその人たちと私の気もちのあいだに、微妙な生活感情のちがいがあるような気がした。そこで、いつか「自炊」ということばを、字びきでひいてみると、「じぶんで飯をたくこと。じぶんで食事をつくること」と出た。

けれど、どうもこれでは、世の中の人が、「自炊」ということばのなかにこめているのが、じゅうぶんに説明されていないように思われた。たとえば、一けんの家の主婦が、じぶんで煮炊きをしても、ひとは、それを「自炊」とよぶだろうか?

どうも「自炊」ということばのなかには、一人前になっていない人間とか、いままでの社会では、ご飯ごしらえをしないことになっていた人間（たとえば、男、ことに、ひとり者）とかが、しかたなく、いやいやながら、ひとりわびしく、炭をおこして、さんまを焼いたりするようないみがふくまれているのではないかという気が、私にはしたのである。

私に「自炊ですか」と聞いた人々は、きっとひとりでたいへんですね、つまらないでしょうという、同情の気もちから聞いてくれたにちがいない。ところが、私のほうでは、どうしてこの人、こんなこと聞くんだろう、人間、生きていれば、ご飯をつくるのは、あたりまえなのにと、ふしぎな気がしたのである。「自炊」ということばが、あることからして、私にはおかしい気がした。

もし、私が「自炊」しなかったら、どうなっていたろう。私は、日に三度、おそば屋をのぞくとか、気がねしながら、おとなりへでも食事のやっかいになりにゆくとかしなければならない。それにくらべれば、「自炊」は、なんと自由でたのしいことか。

仕事をもっている人間にとって、「自炊」はたしかに、めんどうでないとは云えない。ひとりの食事の準備をするにも、時間は、かなりかかる。また、たったひとりのたべる分量というものは、煮物などする時には、こまることが多い。けれども、私の家には、ガスも水道もあったから、私は、けっこう「自炊」生活をたのしんだ。

といっても、食い道楽ではないから、たいしてごちそうをつくったわけでもなく、ひとさまに自慢できるようなお料理のうでをみがいたわけでもない。ただ私には私流の好物があって、そういうものをたべていれば、私のは満足した。

ひとさまにごひろうするのも、はずかしいようなものだけれど、たとえば、たくあんのせん切り。ただ、このたくあんは、サッカリンのはいっていないもので、糸のように細く切らなくてはいけない。（そのため、私はしょっちゅう庖丁をといだ）それに、味の素をほんの少しふりかけ、おしょうゆをこれも少しかけて、よくかきまわす。これをあたたかいご飯にかけてたべると、とても香ばしくて、こわいくらいたべられる。

おいしいといって、こんなものばかりたべていたら、栄養失調になったかも知れないけれど、私は幸い、モツ料理もすきだった。ことに、トリのモツがすきで、これをヒネショーガのすったのといっしょに、おしょうゆにつけておき、バタでさっと炒りつけたものは、大好物。（そして、たいていの人が、これはおいしいという）くだもの、なまでたべられる野菜は、「自炊」人種にとっては、たいへんありがたい天来のごちそうだ。ただ、ブドウだけは、あまり買ったことがない。いつか忙しい日がつづいたとき、もらったひと房のブドウをたべ終えるのに、何日かかかったことがある。さて、ご飯をじぶんでつくるところまではいいが、あと片づけが、めんどくさいと云う人が、世の中にはいる。私は、きれいにふきあげたお皿が、きちんと重っているところは、見るだけでもすきだから、片づけることは、おっくうでなかった。それに要領よく洗っていくと、それほどよごれ物をつみあげなくても、すむものである。ことにひとりの場合は。

また世の中には、ご飯をつくったり、あと片づけは、がまんできても、ひとりでたべるのはつまらないという人もいる。ところが、それも私は、気にしなかった。ひとりだと、食事をしながら、ほかの人に失礼しないで新聞も読めるし、空を見あげて物思いにふけることもできる。いつかも、私は、

友だちが死んだ
母が死んだ
父が死んだ
そして　わたしは
青い空を見あげながら
パンをたべている

と考えながら、葉のない枝のあいだから、私を見おろしていたまっ青を見あげて、朝の食事をしたことがあった。

そんなときには、だれもそばにいないことが、ありがたくも思われる。

と考えてくると、私は、どうやら、つましい「自炊」生活には、たいへん適してい

る人間らしい。ところが、生活がいそがしくなってきたら、やはり、私の「自炊」生活も、はたんをきたしはじめた。疲れてご飯をつくるまえに、ちょっとひと休みと思って、横になったのが、気がついてみると、朝になっていたりすることが、たび重なりはじめたのである。そこで私のそばに、ご飯づくりをする人が来てくれた。私はもう、だまって食卓の前に坐ればいい。そうすれば、魔法のようにご飯ができているのである。これは、もったいない生活だ、と、「自炊」人種の私は、考えたことだった。

むらさき色のにおい

その時、泊りにいった宿がどこであるか、いえないのは残念である。しかし、それをいうと、そのすぐそばに友人が住んでいるので、彼女の家に寄らなかったことをとがめられるにちがいない。だから、ある山ぎわの宿ということにしておこう。

私の育った家は、生活がつつましくて、およそ遊山旅行やたのしみの芝居見物などをしない家だった。そこで、私は、いまでも用もないのに温泉にいったり、または、急に思いたって映画見物にというようなことになじめないでいる。ところが、四、五年まえのある時、どうにもこうにも疲れてしまった。どこかひとの来ない温泉へでも出かけて、ぐっすり眠ってきたいが、そんなところへゆくには、何時間も汽車やバスにのらなくてはならなくてね、と、ある友人にいうと、あれ、ありますよ、と、その宿を教えてくれた。東京から、その宿の下まで三時間弱、ただ、ちょっとのあいだ、山をのぼるのだが、心臓のわるい人でなければ、平気だという。

まえもって、女ひとりで、しずかな部屋がほしいのだと知らしておいて、ある夕、一つの会をすませてから汽車にのった。東京をたったのは、宵の口だったが、むこうの駅についたら、十一時近くになっていた。昼間は、その宿の下までバスがあるのだそうだけれど、タクシーにのって、教えられたところでおりた。そして、教えられた道をのぼった。心もとない街灯はあったけれど、ほとんど、まっくら。

生まれてはじめて、ただひとりの休息の旅だったはずなのに、例によって貧乏性から、本をつめた、小さいわりには重いカバンをさげていた。つぎの日、見たら、たいして長い道でもなかったのに、ほんとにくたくたに疲れていたから、やみのなかで、何度も休んだ。そのうち、やみと一しょに、もう一つのものが、私をつつみはじめた。においである。

ほのかな、あまいむらさきがかったようなにおい。いや、においが、私をつつんだというより、私が、ふわっと、その暗いくせに、色のある世界へはいっていったという方が、あたっていたろう。私が何かにばかされたように、ふらりふらりとそのにおいのなかを通りぬけてゆくうち、前があかるくなって、すぐそこに宿屋が見えていた。

よく日、そのにおいの正体は、センダンの花だと知らされた。ナツメのような、こまかい葉の大木で、小さなフサ状のうすむらさきの花がさがっていた。見た目もこのましいけれど、私は、見るより先に、何の前ぶれもなく、そのにおいのなかを通らされたことを、とてもありがたかったと思った。

宿の人たちは、駅から電話をかけてくれたらよかったのに、その前の汽車まで待ったのだけれど、もう来ないと思って帰ってきたのだといった。けれども、もし案内人がいれば、宿はもうすぐそこですとか、これは、センダンのにおいですとか、きっと説明してくれたにちがいない。そうしたら、私はあの一種ふしぎな、キツネと道づれになったような、妖精の国の門をくぐりぬけたような気もちは味わわなかったにちがいない。

その門をくぐりぬけたせいかどうか、私は、その宿で二日くらい正体もなくねこんだ。私のほかに客はいなかった。わずかな坂のせいで、その家には、ほとんど週日は客がなく、団体客もこないのであった。窓の外には春の気の動いている木だちが見え、ウグイスが鳴いていた。

この最初の印象のおかげで、私は休息というと、このにおいのある坂の上の宿を思いだす。

ひとり旅

数カ月まえ、用事ができて、イギリスに出かけた。出かけるまえに、ふだん、あまり親しくしていない友だちにその旅のことを話したら、そのひとは「ひとりで？ ひとりで？」と、頓狂な声をあげてびっくりした。あまりびっくりされたので、旅のあいだも、よくそのことを思い出した。

考えてみると、女学校時代の修学旅行以来、私は団体旅行というものをほとんどしたことがない。それは、私が不器用で、ほかのひとについてゆこうとすると疲れて、考える余裕もなくなるためと、騒々しいことがきらいなためであるらしい。かといって、特にひとり旅を好んで、ちょいちょい出かけるというわけでもない。出不精の私の旅は、用事を兼ねたものが多いから、つい、ひとり旅になりがちなのだ。

私がひとりで出かけるのにびっくりした友だちの表情には、知らないひとたちのあいだでただひとり、さぞさびしかろうという、さびしさを恐れる色がよみとれた。けれども、私はひとり者だから、ひとりでいることには慣れているし、それに、さびしさというものを、私はきらいではない。たえ間なくしゃべっているひととは何時間かいっしょにいると、ひどく疲れる——翌日、寝こんでしまうことがあるくらいだ——が、ひとりでいてさびしくて、どうにかなりそうだなどと感じたことは、一度もない。それどころか、さびしいときには、感受性が強くなり、まわりのものに心が開けるような気さえするのだ。

これは、私ひとりの——そして、私とおなじ型の人間の感じかたかもしれないけれど、何かを見、強い印象をうけたときのことを思いだしてみると、たいてい、ひとりのときに経験したできごとである。いますぐ心にうかぶ例をあげれば数年前、イギリス北部の小さな村で、道端の大樹の下の、小米のような形のピンクの花に見とれて立ちつくしたことがあったが、それは、私がある女性の画家の足跡をたずねて、二、三日、ひとりでその村を歩いたあとのことだった。歩くにつれて、何かが惻々と私をとりまきはじめていた。いま思えば、その大樹の下にじっと立っていた何十秒か、何分か、私は、そのピンクの雑草の花のかたまりを、その画家の目で見ていたような気がする。

このように、目のまえのもの、または、自分をとりかこむもののなかにすいこまれて、短い時間、ぼうとなることは、それまでにも、何度か経験している。

戦争ちゅう、私は、東京郊外の小さな家に住んでいた。母が死に、父が死に、いちばん親しい友だちが死に、私はその小さい家で、庭の木を切り、じゃがいもや大根をつくっていた。戦局は暗く、私のしたい仕事の場は、だんだんせばまり、私はつましく暮らしていた。家のなかは否応なく片づき、窓のガラスは、いつもきれいだった。

ある日、そのころの食事ともいえない食事のあと片づけをしながら、流しの上の窓から外をながめると、木々はみどりで、みどりをすかして見る空がほんとうに美しかった。そのとき、私は、自分のからだが、木々と私とのあいだの空気とおなじに透明になっていくような気もちになり、その透明なからだのなかの心臓から泉のようなものが、こんこんと流れだしているのに気づいた。私は、どのくらいかのあいだ、死んだひとや生きているひとたちをだいじにしなければという思いに打たれて立っていた。

このごろのように日常がさわがしく、人にもまれて、わあわあのうちに日をすごしていると、そうした瞬間が自分にあったことを忘れていることが多い。そして、脳の細胞の表皮に厚く膜がかかってしまったのかと思えるほど、鈍い日を送ることになる。しかし、たまに静かな時がしばらくつづき、ある条件が整うと、例の発作（？）は、突然、私を訪れて、びっくりさせるのである。

たとえば、二、三年まえの夏のおわり、私は姪といっしょに、山の一軒家でいく日かをすごした。そして、姪は「おばさん、気をつけてね。」といって、先に帰っていった。私は、二、三日ほど残って、家を片づけて帰る予定だった。雑巾がけをしたり、ごみを燃したり、あたりの枯れ枝をまとめたりしているうち、不意に、あのしいんとした感じが私を包みはじめた。それは、まわりの木々から、あたり一帯の森から私を目がけて迫ってきた。私の体内は生き生きとなり、そのなかで、私はひたすら、姪のしあわせ――いや、そのほかのすべてのもののためをねがっていた。

私は、自分はひとりぼっちでいるほうが、いい人間になれることを考えて、おかしくも思ったが、それは、うそいつわりのない事実であった。元来、不器用な人間が、すばやいひとたちについてゆこうとすると、納得もしないうちに物事を切りあげ、何かを口にし、先へ歩いていかなければならない。いつも中途半端なところで、粗雑に生きていかなければならない。

自分ながら、あきれるほどのろい私は、だから、自分流に旅に出るとすれば、ひとりでゆくということになる。ひとりで、まわりのひとたちの言動に微苦笑しながら、動きまわり、あるところに着くと、友だち（あまりおしゃべりでない）が待っているというような旅が、私にはいちばん好ましい。

近所の時計屋と遠い時計屋

文明の利器のうちでは、私は時計にとても興味をもっている。しかし、時計道楽というのでは、さらさらなく、何型とか、石がいくつというようなことは、ちっとも知らない。ただ体がよわく、ことにこの四、五年、目がわるくなってからは、昼間の時間をやりくりする必要にせまられ、正確な時計をとても愛するようになってしまったのである。

私は、この七、八年、机の上の小ひきだしの上に、小さいおりたたみ式の目ざまし時計を開いて立て、仕事をする時は、ちょいちょい目をあげて、これに太陽の運行のもようを相談することにしている。また、掃除をしたり、外出したりする時には、腕時計を見る。

この二つは、どちらもスイス製で、目ざましの方は、八年ほどまえ、ある人からもらい、腕時計は、十年まえ、外国旅行をした時、香港で一ばん安い、名まえも聞いたことのないのを買ったのである。

さて、三年ばかりまえのこと、親しくしている若夫婦が、一年間、外国留学をするので、目ざまし時計を貸してくれといってきた。その人たちは、私がもう一つ、ある出版社の何十周年記念とかいう時に、目ざまし時計をもらっていることを知っていた。私は、どちらを貸そうかと迷ったが、お金のいる留学生活では、自分で試験ずみのスイス時計のほうがいいだろうと考えて、愛用のを貸してやった。

一年たって、その人たちが帰ってきて、会いにいったら、「どうもありがとう」と、時計を返してよこした。じつのところ、私は、それを見た瞬間、ぎょっとした。側の皮は、色がかわったと思われるばかりすりきれ、折りたたむ個所の蝶つがいの心棒は曲って、ふたと身が、はすかいに合わさっていた。

私はもう少しで、「お見それしました」というところだったが、だまってそれをうけとった。

家へもどって、よくふいてやり、あまり私の耳に快くない音をたてる、出版社からのいただき物ととりかえて、小ひきだしの上においた。すると、動きかたが、どうもおかしい。動いているかと思うと、とまったりする。まるで脈がケッタイしているような気がした。

そこで、若夫婦が家へ来た時、「あの時計、おかしくなってるね」というと、「じゃ、近所の時計屋さんに見てもらう」といって、もって帰った。

そして、またしばらくしてやってくると、「近所の時計屋さん」は、どこもわるくないといっているというのである。

若おくさんは、時計を私の耳にあてて、「ね？　動いてるよ」といった。じっさい動いているので、私はうなずいた。

しかし、それから二、三日すると、時計は、ほんとにとまってしまった。

私は、もう若夫婦にはだまって、その時計を神田の時計屋さんにもっていった。

この時計屋は、私が神田の出版社に勤めていたころ、時どきやっかいになったお店である。そもそもこのお店を知ったのは、ある友人が、そこでなおしてもらった時計が、一秒も狂わないといっているのを聞いたからだった。

外から見ると、まったく見だてのしないお店だったが、きれいな、中僧さんくらいの店員がいて、ていねいにわけを説明してくれるのだった。

しかし、会社勤めをやめてから、あまり遠いので、いったことがなかったが、この目ざまし時計の故障で、私は、そこへいく気になった。

きれいな中僧さん——若主人になったのかもしれない——は、すこし年とって、やはりお店に坐っていて、私をまえに見た顔だと思いだしてくれた。時計は、ぜんまいがだめになっているから、取りかえなければだめだということだった。

私は、それを頼んで、二、三日すごしてから、当然できていると思っていくと、

「どうも調子が気にくわないんです。もうちょっと見さしてくれませんか」といわれた。

私の時計は、側をはずして、内臓だけになって、机のはしにおいてあった。日頃、そこで試されていることがわかった。

私は、暮ちかく、また取りにいった。

すると、その人は、頭をかくようにして、

「すみません、もうすこし見たいんですが」ということだった。

お正月になってからは、私もいそがしくなり、むだ足をふむのもと思って電話をかけると、

「もうすこしで、時間がきっちり合うところです」という。

とうとう「できました」という返事をきいて、取りにいったのが、丁度三カ月後だった。

修繕代は、千百円で、ちゃんと領収書を書いてくれた。

私はすがすがしい気もちで店を出ながら、この時計屋さん、利益があがるのかしらと、心配にも思った。

この目ざまし時計の交渉のあいだに、私は、この一、二年、とても調子がわるくなってきた腕時計も診断してもらったのだが、これは、私の家の「近所の時計屋」で、

あけかたがわからないで、こじあけて、取りかえしのつかないきず物にしてしまっているから、「もうだめです」といわれた。

私は、事ごとに感心し、日本でまだ「餅は餅屋」ということばが通用するなら、この時計屋こそ餅屋だと思い、時計ひとつにしろ、いまの世の中でたよりになる場所を見つけたことは、ありがたいことだと思った。

古い汽車道

もう八十年もまえの話である。上野駅から東北本線か信越線に乗って北に向かうと、いくつかの駅を経て、四、五十分で浦和につく。すでに赤羽を出、荒川の鉄橋をわたってしまうと、駅と駅のあいだは、田んぼや畑や林のすき間に、農家や小さな木造の工場が散在するという景色になっていた。

さて、汽車はまた動きだして浦和の駅を出ると、四、五分して、浦和の細長い町を南北に貫いて、北上（北上というわけは、まだ祖父母が生きていたそのころ、木曾路を通って京都に向こう方向を、私の家では上《かみ》といっていたからである。）している中仙道の街道にぶつかる。そこに大きな踏切があった。まだ自動車など、一年に数台しかこの道を通らない時代のことで、近在の人びとで町で用をたすためには、足でこの踏切をこえなければならない。そして人間だけではない、そのころの主要な輸送道具であった荷馬車（馬力）、人力車、大八車、それに少数の自転車などが、みなここを渡ったのであるから、この鉄道線路をまたぐ大踏切は、中仙道でも重要で危険な交通の関門だった。

　踏切のわきには、小さい小屋があって、そこに小柄なおじいさんが駐在していた。このおじいさんが汽車の通る時間に精通していて、汽車がくる少しまえに遮断機をおろし、遮断機の上に白い旗をさしだした。さて、列車が通ってしまい、安全が確かめられると、遮断機は上がり、その間、街道にせきとめられていた人畜、または小型の輸送道具の類は、おじいさんの指図でようやく動きだす。

　私の家は、大踏切から三百メートルほど町の中心にもどった街道筋の西側にあった。祖父母から三世代そろった大世帯であったが、上のきょうだいたちが学校にいってしまい、父も勤めに出ると、家の中で自由気ままにぶらぶらしているのは、就学まえの私のすぐ上の姉と二つ年下の私だけになった。毎度のこと、私たちは、きょうは何をしようかと家をさまよい出るのだったが、幼い子二人だけでいってはならないと言い聞かされていた場所が、大踏切であった。

　しかし、大踏切りへいかないで、汽車の大好きな子どもたちは、いったいどこで汽車を見物したらいいのだろう。汽車は、家の前の中仙道と平行して、二百メートルと離れないところを走っているというのに。

　しかし子どもには、子どもの知恵があった。六歳と四歳の私たちが出かけていったのは、向かいの家のわきの横丁をいった先の無人踏切であった。もちろん、私たちは本能的に、ここでも私たちだけで線路を渡ってはいけないということを知っていた。だから、二人で向う側へいったことはなかった。ただ、こちら側の土手に立って、線路をへだてて広がる村の景色——そこには、町に住んでいる私たちの知らない生活があったはずである——を眺めながら、汽車を待った。するとそのうち、踏切は、チンカチンカチンカという胸をドキドキさせる音をたてはじめ、やがて汽車は黒煙を吐きながら近づいてきて、轟音とともに走り去る。その汽車は、どこか私たちの知らないところにいく人を、いっぱいのせていた。この無人踏切りは、自分の家の周囲、三、四百メートルほどの範囲は、勝手にとびまわっていた私たちに、その外に広い世界があるのだということを思わせてくれる不思議な場所だった。

けれど、こうした私たちにも、天下晴れて、この禁断の踏切を越えることのできる日が、一年に何度かはあった。それは、春が来て、大きな姉たちといっしょに、線路の向かう側、そして、線路に沿って浦和の駅の方へ五、六百メートルも伸びている小高い土手に摘み草にいく、たのしいたのしい日であった。

その場所には、「古い汽車道」という、素朴な名前がついていた。いったい、その名が何を意味するのか、そのころの私は、知りもせず、考えても見なかったが、大人になって何とはなしに知ったところでは、そこは、国鉄が敷かれるまえに、高崎だか、前橋だかあたりまで私鉄の通った線路の痕跡であったのだという。

それはともかく、「古い汽車道」といえば、私には一種天国のようなところであった。姉たちに手をひかれて、普段は禁断の道を、やすやすと渡っていく。土手にのぼれば、三人の大きい姉たちは、高らかに声をそろえて、学校で習ってきた唱歌をうたい、モチ草やツクシを摘む。すぐ上の姉と私は、「古い汽車道」の端から端までかけ歩いて、野草の花をさがした。

その後、私の一生の友だちとなったスミレを、ほんとうに美しいと思って見ほれたのも、「古い汽車道」でであった。

家の父は、植物が好きだったから、家の庭にも、「エイザンスミレ」とか、「ニオイスミレ」とかいうのがいく鉢かおいてあった。しかし、私が自分で見つけて、これこそ、自分のスミレときめたのは、ハート型の葉が茎の途中で枝わかれして出ていたり、一本の茎に何個かの花をつけるスミレではなかった。細長い葉がスッスッと何本か根元から出ていて、そこからスウと立ちあがった何本かの茎には、一本に一輪の濃紫の花がうなだれて咲くという、あの種類である。この種のスミレが、「古い汽車道」のあちこちに群れ咲いて、日に輝いているのを見ると、幼い私は、何ともいえない満足感でゾッとした。

長いあいだ、私はこのスミレの名は、何というのだろうと考えていた。しかし、あれこれの本をのぞいてみているうちに、これこそ原始的にただ「スミレ」と呼ばれている種類なのだと知った。それ以来、私のそばには、毎年春になると、「スミレ」が咲いて、私を喜ばしてくれている。

しかし、あの「古い汽車道」はどうなったろう？　もう線路ぎわまで家でぎっちりいっぱいという光景に変わっているのではあるまいか。いまでも、私の脳髄には、あの春の日、女の子たちの歌が聞かれ、幼い子たちがかけまわった姿のままで残っているのだが。

私の手

八十年も前の話。女学校へ入学したら、小学校と異なり、生徒たちが、ちがった町どころか、ちがった県からさえも来ていて、「友だち」の範囲がぐっと広がった。大人になった気分で、私はすぐ後ろの席に坐った、Tさんという利口そうな少女と親しくなった。

ある日、私は後ろを向いて、Tさんと話していた。私の片手がTさんの机にのっていた。するとTさんが、次のようなことをいった。

「あなたの体の中で、手が一ばんきれいでないわね」

「そうね」と私は答えた。初めて自分の手を客観的に見た瞬事だった。私の指はずんぐりしていて、爪も横に広い。その後、その時のことを思いだす度に驚くのは、十二歳そこそこの少女二人のうちの一人が、相手を傷つける意味でなくそういうことをいい、受け手も、静かにその事実を認めたということである。

今、私の手は皺だらけ、シミだらけ。でも、よく働いてきた、正直な手である。

解説

石井桃子さんのまなざし

小林聡美

戦後間もない頃の山村を舞台にした『山のトムさん』は、石井桃子さんご自身の体験をもとに書かれた児童文学だ。トシちゃんとトシちゃんのお母さん、その友人のハナさんと甥のアキラくんが〝開墾の人〟として山村で暮らしはじめ、そこにネズミ捕獲要員として猫のトムが加わる。大変な労働と厳しい自然の中、女性と子供だけの暮らしはさぞかし過酷だったに違いないが、しかしその物語はすがすがしく、きらきらと光を放ち、希望と優しさに溢れている。それは石井さんの、猫のトムをはじめ暮らしの中のあらゆるものへの温かいまなざしのせいだろう。

そして私はドラマ「山のトムさん」でハナさんを演じることになった。時代背景を現代にうつし、長野の八ヶ岳で約ひと月撮影が行われた。自然豊かな里山での撮影は、都会のコンクリートの中で撮影するストレスとはまったく無縁で、目に優しい木々の緑や、吹き抜ける風、匂い、光、土、すべてに癒されながらの撮影だった。しかし撮影は自然の良いとこ取り、石井さんの過ごした開墾生活の厳しさとは比べ物にならない。戦後の食糧難で必死の暮らし。肉体労働。それを考えると、ドラマは「きれいなだけの物語ですみません」と思うのだが、しかし『山のトムさん』はそんな〝戦後の厳しい生活〟部分を取り除いても十分、現代の私たちの心に沁みる物語だった。

『家と庭と犬とねこ』はちょうど、そんな開墾時代のことやトムと暮らしていた頃に書かれた随筆が多く収録されている。

終戦間際、石井さんは友人の狩野さんと宮城県の鶯沢の農家に移り住み、村人に交じって玉音放送を聞いた。

「狩野さんと顔を見あわせると、何が何だかわからないのに、涙だけボロボロとこぼれて来た。まわり中のふしぎそうな顔。「戦争、もう終ったんですよ」と、私たちはいった。」

戦争を必死で生き抜く村の生活の虚をつくような放送。その日の午後、石井さんは最初の鍬を自分たちの土地に打ちこむ。

「タカン！　と最初の鍬を私たちの土に打ちこんだ。唐鍬でたち割られる萱の根っこは、血がかよっているように赤かった。空の青いこと、青いこと、もう今夜から逃げて歩かなくても、ゆっくり寝られるね、と、私は土を起こしながら、遠くの姉たちに話しかけた。」

こんなふうにして始まった開墾生活。これからどうなるのかわからない未来だけれど、空の青さを、額を流れる汗を、石井さんの心はとても前向きに感じていた。そうしてその年の十二月、地元の大工さんと青年団の幾人かに手伝ってもらって雀のお宿のような小屋を完成させ移り住む。

「でもそのぼろ障子をあけた人たちは、たいていあっと言ったくらい、たのしげに私たちは、中の細工をした。丸太づくりの二段ベッドもあるし、小さいストーヴもあった。ベッドはレースのカーテン（さわれば破れそうなものだったけれど）でかこいさえした。」

こんな開墾時代の苦労話も、ほほえましく、わくわくするのは、やはり石井さんの、ものごとの明るい部分をすくいあげる才能ゆえのことだろう。お便所やお風呂の不便さ、畑仕事や酪農の過酷さはあっても、山の生活の喜びが溢れる。

しかし、働けば働くほど借金がかさんでいく農業や酪農の仕組みに直面し、やむなく石井さんは東京にでて、出版の仕事と山の仕事、二足の草鞋を履くことになる。そしてそのことによって、戦後、急速に変化していく時代を肌身で感じることになるのだった。

「都会では月給をとって、その月給で食糧がわりにらくに手にはいるようになると、私たちの身近の人数は、だんだんにへっていった。（中略）私たちの畑のようすも、大分かわりつつあった。私たちは、馬鈴薯や豆をつくるかわりに、牛を飼いはじめていた。つまり自分たちのたべるものより、売るものをつくりはじめていたわけである。」

自給自足の生活から商売へ。時代は山の暮らしも変化させた。さらに都会を行き来する人に対する石井さんのまなざしもするどい。

「この不自由さ、不自然さはどうだ、と私はおもった。東京で一人まえの様子をして仕事をするには、よその国の人の形にあった型の服を着、ない靴下をはき、ない靴をはかなければならない。」

「つけまつげやにせの乳房の話をしたら、「なしてそんなことするのや?」とびっくりするだろう。美しく見せるためにといっても、彼らにはわからないだろう。それでも彼らは、とにかくどぶろくをのみ、はらいっぱいたべ、ろばたで居ねむりをする。日本というところは、心臓と手が、ずいぶんばらばらに働くところだなあと、私は思った。」

しかし、諸行無常で片付けるのはさみしいが、石井さんの生活は山から東京へと比重をかえてゆくことになるのだった。

本書は『山のトムさん』ファンには、開墾時代の暮らしの興味深い話が満載だ。『山のトムさん』を読んだことがなくとも、あの時代の普通の人々の、つつましく健気な暮らしをいとおしく、そして戦争というもののつまらなさを思うだろう。石井さんのまっすぐで明るい視点で書かれた文章は、読む私たちの胸の奥を明るく照らす。都会といなかの矛盾をわかりやすく痛快に指摘した「都会といなか」は今読んでもはっとさせられるし、傷をおった野良猫が飼い猫となるまでの「愛情の重さ」や、大型犬のデュークに振り回される「朝の散歩」などは、石井さんの動物に翻弄される姿が微笑ましい。

かずかずの児童文学を世に送り出した石井桃子さんは、まっすぐで透明で謙虚で明るいまなざしで世の中を見ている。そして「自分はひとりぼっちでいるほうが、いい人間になれる」と自分の歩みを大事にする。友人や山の人に囲まれた賑やかな暮らしの中でもきっと〝ひとり〟でいられる人だったにちがいない。そんな静かなまなざしは、私たちをいつも安心させてくれる。

（女優）

初出一覧

雪のなかのお餅つき（一月）／愛情の重さ（二月）／都会といなか（三月）／花どろぼう（五月）／知らない友だち（六月）／波長（八月）／ピンクの服（九月）／また猫のこと（十二月）
以上、『婦人画報』一九五四年、婦人画報社

＊

宮様の手『朝日新聞』一九五一年五月十二日、朝日新聞社／『石井桃子集7』一九九九年、岩波書店
小さな丸まげ『母の像』一九七六年七月、草土文化
母の手料理『食生活』一九五七年四月、国民栄養協会
しゃけの頭『暮しの手帖』一九五六年五月、暮しの手帖社／『バナナは皮を食う』二〇〇八年、暮しの手帖社
モチの味『広報鶯沢』一九五九年一月一日、鶯沢町
七夕の思い出『週刊サンケイ』一九六〇年七月十一日特大号、扶桑社（「この日このとき」改題）
夏休み『BOUQUET』一九五四年夏、伊勢丹
ホグロ取りの思い出『中学コース』一九五六年八月、学習研究社
つゆの玉『中学時代二年生』一九五八年八月、旺文社
忘れ得ぬ思い出『東京新聞』一九六一年一月三十日
みがけば光る『d』一九六一年十月、住友ベークライトK.K.デコラ事業本部
「むかし」のひなまつり『うえの』一九六三年三月、上野のれん会
灯火管制下のコーラス『婦人公論』一九六七年二月、中央公論社
メダカと金魚『旅』一九五二年八月、日本交通公社

＊

山のさち『銀河』一九四八年五月、新潮社
かなしいのら着『暮しの手帖』一九四九年一月、暮しの手帖社
汗とおふろとこやし『婦人朝日』一九五〇年七月、朝日新聞社
「ノンちゃん牧場」中間報告『文藝春秋』一九五七年八月、文藝春秋新社／『石井桃子集7』一九九九年、岩波書店

みちのくにある私の牧場別荘『旅』一九六〇年十一月、日本交通公社
村で育つ子『世界』一九五四年九月、岩波書店
山のクリスマス『三越グラフ』一九五二年、三越

＊

キヌ『名古屋タイムズ』一九五一年十月十五日、名古屋タイムズ社
朝の散歩『三田文学』一九五九年九月、三田文学会／『石井桃子集7』一九九九年、岩波書店
家と庭と犬とねこ『人』一九六一年一月／『石井桃子集7』一九九九年、岩波書店
魔法の犬『大きなタネ』一九六七年五月、大きなタネの会
はだかのサルスベリ『主婦と生活』一九六二年六月、主婦と生活社

＊

おんなとくらし『新潟日報』一九六四年二月十六日〜二十九日、新潟日報社
　おもち（十六日）／お料理屋（十七日）／ごまよごし（十八日）／におい（十九日）／サンドイッチ（二十日）／つけ物（二十一日）／うちむらさき（二十二日）／料理学校（二十三日）／洗いながし（二十四日）／一年生（二十五日）／メープル・シュガー（二十六日）／呼び売り（二十七日）／焼きハマグリ（二十八日）／ひなまつり（二十九日）
くだものやさい『あまカラ』一九六二年十月、甘辛社
自炊『栄養と料理』一九五四年三月、女子栄養短期大学出版部
むらさき色のにおい『ハイカー』一九六二年四月、山と渓谷社／『石井桃子集7』一九九九年、岩波書店
ひとり旅『俳句』一九七六年一月、角川書店／『石井桃子集7』一九九九年、岩波書店
近所の時計屋と遠くの時計屋『文藝春秋』一九六五年四月、文藝春秋新社
古い汽車道『うえの』一九九六年四月、上野のれん会
私の手　季刊『銀花』二〇〇二年三月、文化出版局／『手をめぐる四百字Ⅱ女たち』文化出版局、二〇一〇年

○表記は、新字新かなづかいに改め、読みにくいと思われる漢字には、ふりがなをふった。
○本文は、原文を尊重して用字・用語の不統一についてはそのままとしたが、明らかな誤記・誤植と思われるものは訂正した。
○今日では不適切と思われる語句・表現については、作品発表時の時代的背景と著者が故人であることなどを考慮して、原文どおりとした。（編集部）

＊本書は二〇一三年五月に小社より刊行された単行本をもとに、新たに数篇入れ替え、再編集したものです。

編集
大西香織
協力
公益財団法人　東京子ども図書館
写真提供
公益財団法人　東京子ども図書館
さいたま市立中央図書館（P.87）

家《いえ》と庭《にわ》と犬《いぬ》とねこ

二〇一八年 二 月一〇日 初版印刷
二〇一八年 二 月二〇日 初版発行

著 者 石井《いしい》桃子《ももこ》

発行者 小野寺優
発行所 株式会社河出書房新社
〒一五一-〇〇五一
東京都渋谷区千駄ヶ谷二-三二-二
電話〇三-三四〇四-八六一一（編集）
〇三-三四〇四-一二〇一（営業）
http://www.kawade.co.jp/

ロゴ・表紙デザイン 粟津潔
本文フォーマット 佐々木暁
本文組版 有限会社中央制作社
印刷・製本 中央精版印刷株式会社

Printed in Japan ISBN978-4-309-41591-8

石井桃子記念 かつら文庫 ごあんない

かつら文庫は、子どもたちがくつろいで自由に本が読めるようにと願い、石井桃子さんが1958年にはじめた小さな図書室です。のちに東京子ども図書館へと発展し、現在はその分室として活動しています。地域の子どもたちへの本の読み聞かせや貸出のほか、石井さんの書斎の見学など、大人の方たちにもご利用いただける施設として、みなさまをお待ちしています。

©Tokyo Kodomo Toshokan

1960年頃のかつら文庫　石井桃子さんと子どもたち

●所在地　〒167-0051　東京都杉並区荻窪3-37-11

●お問合せ

公益財団法人 東京子ども図書館

〒165-0023　東京都中野区江原町1-19-10

Tel.03-3565-7711　Fax.03-3565-7712　URL http://www.tcl.or.jp

＊開館日等の詳細はお問合せ下さい